移りゆく社会に抗して

三・一一の世紀に

村上陽一郎

青土社

移りゆく社会に抗して　目次

移りゆく社会に抗して——三・一一の世紀に

第Ⅰ部　歴史の窓から見える〈科学〉

科学・技術の戦後七十年

はじめに

太平洋戦争の敗戦は、科学・技術をないがしろに、ひたすら神話的なイデオロギーと精神論とに頼ったことに一因がある、という言説が、戦後の日本社会を跋扈した。例えば、和辻哲郎のような知識人さえ、『鎖国論』を発表して、戦時中の「科学的精神の欠如」を告発したのである。確かに、戦争末期、日本の戦力は極端に落ち、飛行機や潜航艇に爆薬を積み、兵士の生命を犠牲にする体当たりの戦法だけが頼り、あるいは白兵戦でも、兵士自ら爆薬を抱いて敵の戦車に身を投げる、という野蛮な（今のイスラム過激派の一部がそれを真似ている）方法しか残されなかったし、本土決戦では、非戦闘員たる銃後の人間も、竹槍で戦うことを当然とし、いつかは元寇のように、「神風」が吹く、というようなプロパガンダが空しく流された。原子爆弾と竹槍。余りにも無残な対比が、科学・技術を無視した報いだという印象を生んだのも無理からぬことだったかもしれない。敗戦によって一挙に力を得た「左翼」のなかには、日本の社会を解放してくれた、として「原爆礼讃」の論陣を張る人さえ現れた。

しかし、戦時中日本社会は、必ずしも科学・技術を軽視したわけではなかった。科学・技術に投じられる予算は、軍事面が主だったとしても、決して僅少ではなかったし、学徒動員でも理工系の学生には、徴兵猶予があり、大学にも新しい理工系の学部や研究所の設立ブームがあった。レーダー（当時の言葉では電波探知機＝電探）の開発も進んでおり（戦争末期には潜水艦も含めてかなりの艦船が「電探」を積んでいた）、原子力利用の可能性も、仁科研究室を中心に探究が重ねられていた。

確か昭和二十五年だったと思うが、全国の理工系の研究者を対象にしたアンケート調査で、研究の自由が最も豊かに感じられたのはいつか、という設問に、七〇パーセント近くの人が戦時中と答えていたのが、今も忘れられない。戦後の極貧の時代、研究資金の不足の深刻さへの反動でもあったのだろうが、興味ある結果であった。

その窮状に光を差し込んだのは、誰もが言うことだが、湯川秀樹のノーベル物理学賞受賞のニュースだった。昭和二十五年のことである。湯川の受賞によって、ノーベル賞は日本社会のなかに良くも悪くも決定的な重みをもつようにもなった。敢えて「悪くも」と書くのは、その後、受賞者の国別争いのような扱いや、ノーベル賞を「獲る」ことを目指す研究者の出現など、ノーベル賞を巡る一連の好ましくない傾向のきっかけにもなったからである。

それはともかく、打ちひしがれ、希望の光の見えない戦後社会のなかに、差し込んだ一条の光芒、それが湯川のノーベル賞受賞であったことは間違いない。

敗戦直後の世相

敗戦によって産業は壊滅状態にあった。そもそも水主火従の電力供給は、冬場の渇水期には、供給不足が日常化し、停電が当たり前になったが、それは家庭ばかりではなく、産業への配電も似たような状況にあった。完全な統制経済である傾斜生産方式という国策が始められたのは昭和二十一年のことだが、それを実行したのは、自由主義経済を標榜するはずの、今の自民党政権の前身と言える第一次吉田内閣であったのは、歴史の皮肉であろう。つまり政府は国家予算を石炭（と鉄鋼）の生産の回復に最重点的に配分することで、基幹産業の復興を目指したのである。そこでは民生は二の次とも言えた。電力供給も、石炭を使った火主水従への切り替えが合言葉になった。ちなみに、「火」は当初は石炭であったが、次第に石油に切り替わり、一九七〇年代前半にはそのピークに達したが、いわゆる石油ショックとともに天然ガスなどに切り替わるようになった。なお現在コスト面などから、新しい技術を適用した石炭の再評価も生まれている。

話を元に戻すと、戦後間もなくは、鉄道、電話なども「国有」であり、顧客サーヴィスなどは凡そ存在せず、「国電」は「酷電」という異名さえついた。鉄道の窓口は「切符を売ってやる」と言わんばかりの姿勢、駅には、車内に乗り込む乗客を「押し込む」ばかりでなく、乗ろうとする乗客を「剥ぎ取る」役の駅員が多数配置される有様であった。電話の加入権も高額で売り買いされ、質権や差し押さえに活用される有様であった。農家は統制制度のなかで、米の供出を抑え、闇市場に高く売ることで潤ったが、それだけ配給制度は枯渇し、昭和二十二年にはヤミ米を買うことを潔しとしなかった司法関係者（山口判事）が餓死する、という事態さえ招いた。都会の人間は、農家から食糧を買うために持ちものを次々に手放す「たけのこ生活」を余儀なくされた。

そのなかで勢いづいた左翼陣営は、戦後GHQによって合法化された日本共産党を中心に、鉄道（国労・動労）や通信（全逓）をはじめ基幹産業のなかで、労組活動を先鋭化し、しばしばストライキで抵抗した。その最も顕著な例は昭和二十二年二月一日に予定された「二・一ゼネスト」であったが、これは直前にGHQの介入で中止された。日本共産党は、昭和三十年のいわゆる「六全協」（日本共産党第六回全国協議会）において方針の転換を行うまでは、中国共産党の「成功」を模範に、「農村から都市へ」の合言葉とともに、武力による革命（武闘）を戦略として採用し、「山村工作隊」などの名のもとに軍事訓練なども行っていたから、労組活動の先鋭化も自然な流れであったかもしれない。

傾斜生産の方式から洩れた産業は、入手できる資材を使って細々と生活必需品などを造り続けるほかはなかった。例えば戦前から戦時中まで中島飛行機として知られた企業は、今は「スバル」を中心とする自動車産業の大手だが、敗戦後は不要になった鉄兜などを材料に鍋や釜を造って凌いだという。

日本の産業が、こうした窮状からV字回復へ転じるのは、他国の不幸ではあったが、昭和二十五年に始まった朝鮮戦争であった。戦争は昭和二十八年に終わったが、その余波によって、昭和三十一年以降いわゆる「神武景気」と呼ばれる好況を迎える。生活家電の「三種の神器」と言われたのは、この時期では、白黒テレヴィジョン、電気冷蔵庫、電気洗濯機であり、こうした製品製造は、多くアメリカ製品のリヴァース技術によって始められた。当時は知的財産権に関する国際的な規制もなく、外国の教科書や学術図書の翻訳も「ヤミ」で行われていた。大学の理工系の研究室には、いわゆる「海賊出版」物を届ける業者が、定期的に出入りをしていた。

以下自分の専門ではないが、戦後史のなかで、瞠目すべき進歩を見せた情報関係の技術について、記述を絞りたい。

科学・技術に関して、戦後最大の変化は、情報科学・情報工学の領域においてであろう。筆者の具体的な経験だけでも、書き残しておく意味はあるだろう。筆者は昭和十一年生まれだから、昭和三十年に高等学校を卒業している。中学、高校では計算尺（ヘンミ）の使い方を学び、烏口による製図の訓練も経験した。大学へ入って、研究室に「トラちゃん」という愛称で親しまれた計算機（タイガー計算機）があるのに感動し、やはり大学は進んでいるのだ、と心に刻んだ。大学入試の際に、持参すべきものの中に鋏があったのは、解答用紙の上部に受験科目の書かれた三角形のマークが幾つかあって、自分が受験する科目の部分を、三角に切り取るためであった。機械的なソーティング方法として、なるほど、と思った。その頃は、パンチカードがようやく普及し始め、細い棒を使って、必要なカードを抜き出すのだ、ということも学んだ。

筆者が大学に入学したころ、東京大学では、高橋秀俊教授の研究室で、当時大学院生だった後藤英一（後東大教授）がパラメトロンと名付けられた独特の電子計算機を開発していた。この機械は、その後日立の協力で実用化されたので、国産の本格的コンピュータとしては最初のものとなった（ＰＣ‐1）が、残念ながら、国際的な広がりを見ることなく終わった。

私立大学の理工学部の助手に就職したのが昭和四十年、経済白書に「最早戦後ではない」と書かれたのが昭和三十一年だから、それからほぼ十年経っていた時代である。やがて大学に計算機センターが出来て、研究室に端末が配られた。しかし、この端末は〈stupid〉と呼ばれ、コンピュータ言語（当時はフォートランが必須、ほかにコボルも）を使って「ジョブ」を打ち込む以外には、何もできないものだった。センターの計算機は、普通の時間は先輩の教授方が使われるので、筆者などは利用申し込みをしても、深夜などの条件の悪い時間が僅かにあてがわれるのが常であった。

東大に戻ったのが昭和四十八年、ちょうどそのころ、少し規模の大きい国際会議が日本で催されることになり、筆者は生まれて初めて、会議の事務局長を経験したが、国内向けに寄付や支援を要請する文書の作成には、わざわざ購入した慣れない邦文タイプライターを使わなければならなかった。海外との遣り取りはすべて普通のタイプライターで済む。父親譲りの自宅のタイプライターの活字は、通常のハンマー式（スミス・コロナ）だったが、その会議のためにリースで借りたＩＢＭの電動の活字庫が、腕木ではなくゴルフ・ボール方式であったのが珍しく、またリボンも赤・黒二段ではなく、三段目にホワイトがあって、訂正が簡単にできるのに感激した。同時に日本語のタイプライターがあれば、とつくづく思ったことだった。同じころＩＢＭから委託された仕事があったために、ＩＢＭ社の好意で、今で言うパーソナル・コンピュータ一式を貸与された。当時の記憶媒体は、柔らかい大型のフロッピー・ディスクであり、機械はもちろん「スタンド・アローン」で、当然インターネット接続はなかった。

日本語のワードプロセッサを使い始めたのは昭和五十五年以降だと思う。筆者の最初の機械はキヤノンだったが、ディスプレイの表示は僅か一行のみであった。それでも仮名・漢字変換がある程度の確度で可能なことに文字通り感激した。ほとんど同じころにいわゆる「電卓」（電子式卓上計算機）が少しずつ普及し始めた。幾つか試しているうちに、ワードプロセッサはシャープの「書院」に常用の機種が定まったが、機種が新しくなるごとに、性能が飛躍的に向上するのに目を瞠る思いだった。記憶媒体は、固い小型のフロッピー・ディスクであった。

現在筆者の使っているパーソナル・コンピュータは四代目だが、二代目までは、フロッピー・ディスク用のポートがあって、「書院」で作成されてフロッピーに蓄えられた文書を再現できたが、三代目にはポートが無くなって、外付けのデヴァイスを受け付けるUSBポートが残され、現在のものではフロッピーは縁無き衆生扱いになっている。

パーソナル・コンピュータのために、初めてフラッシュ・ドライヴ（USBメモリ）を手に入れたのが、平成九年ころだったと思うが、その容量一つでも、現在のものは、かつてのコンピュータ本体のハードディスクの容量を遙かに凌ぐまでに進歩してきた。現在のタブレットやスマートフォンに関しては、言及する必要はあるまい。

理論面でも、筆者は学生のころに、ウィーナーの『サイバネティックス』やシャノンの論文「コミュニケーションの数学理論」（ベル研究所技術雑誌、一九四八）、あるいはヤグロムの『情報理論入門』などを、友人と輪読した覚えがあるが、それは、当時専攻しつつあった科学哲学の一つの領域である数理論理学と、何ほどか関わり合いがあると考えたからであった。現在は、量子コンピュータ論のような、新しい理論領域もないわけではないが、素人判断では、情報技術を支える原理的な側面は、根本的には大きな進歩は見られない、と考えている。その意味で、上に述べた、僅か半世紀の間に起こった、実用的な情報技術の驚異的な進歩は、文字通り、純粋に「技術」の進歩であった、と考えられる。短時間のなかでのその進歩度の大きさは、人類の歴史のなかでも、ほとんど見当たらないような稀有の例ではないかと思う。

科学の技術への接近と社会的責任

はじめに

平成二十七年五月二十六日、時の首相安倍晋三氏は、ＯＥＣＤの閣僚理事会の席上、教育改革に意欲を示した上で、大学を職業教育の場にしたいという意味の発言をした。その後、文部科学省は、国立大学法人の人文系・社会系の学部学科の縮小とも取れる方向性を打ち出した。他方、経団連は、あたかも企業がそうした学生だけを望んでいると誤解されたくない旨の見解を公表し、文部科学省も、教職課程でありながら、教員免許を取得しない学生の多い課程の整理が主旨で、通達が誤解されていると印象の修正に努めているが、早くもかなりな数（同年十月の段階で二十六校）の国立大学法人が、文部科学省の「意向」に沿った形での、改組に踏み切っている。

一方、国立、私立を問わず、多くの大学は、既に新入生の段階から、いわゆる「キャリア教育」なるものを実施せざるを得ない状況に追い込まれて久しい。キャリア教育というのは、学生と職業生活との間の距離を縮めるための諸施策を考案・実行することで、最も単純には、就職に際して提出するエントリーシートの書き方から、社会における労働の理念的な意味に至る、あらゆる事柄が含まれる。ある意味では、日本の大学は、とうの昔に、職業教育機関になってしまっているとも言えるのである。

もちろん大学も社会の中に有機的に組み込まれている存在である以上、社会の変化に対応して、形態も内実も、変化するのが当然ではあるが、現在の大学の置かれている状況は、闇夜に灯火もなく、ひたすら潮と波に翻弄されている小舟さながらのように思えてならない。理工系は、人文・社会系に比べて、そんなに立派なのか。世はイノベーション一点張りのようだが、短期経済的・産業的な進展を望むだけで、国家・社会の未来は安泰なのか。我々は、今こそ立ち止まって、将来の理念を考えるべき時ではないか。

科学という営み

理工系の一つの柱である科学は、通常十七世紀ヨーロッパに端を発するとされている。理由はガリレオ、ニュートンらの活動が、科学の出発点とみなされるからである。しかし、この考え方には重要な留保が必要である。第一に、彼らは「科学者」であったか。そもそも、彼らの時代に「科学」と呼ぶべき知識領域が自立していたか。第二に、彼らの思考様式は本当に「科学的」であったか。

第一の点から考えてみよう。ヨーロッパ語での「科学者」は、典型的なのは英語の〈scientist〉だが、この語は十九世紀になって初めて造られたものである。だから英語国民であったニュートンは、自分を〈scientist〉と考えたことも、他人から〈scientist〉と呼ばれたことも、一切なかった。〈physicist〉つまり「物理学者」も同様である。あるいは大学において、自然科学が独立の学問領域として認められる、例えば「理学部」に相当する機関が、ニュートンの時代に存在したか。答えは明瞭にノーである。ヨーロッパの大学に、ほかの学部と同等の意味を持つ理学部が登場するのは、十九世紀後半のことである。

言い換えれば、ガリレオもニュートンも、「哲学者」ではあっても、「科学者」ではなかったことになる。彼らは大学でも「哲学」は学んでも、「科学」を学んだことは一切なかったという事実は、正当に評価されなければならない。つまり、当時のヨーロッパ社会で（ということは、世界でということと、この場合は等しいが）、現在我々が理解しているような「科学」は、存在しなかったのである

第二に、ガリレオやニュートンにとっての学問体系の内実はどのようなものだったか、大事

な点は、彼らの学問は、確かに今日の「科学」に近い要素を部分的に含んでいたにしても、その基礎にキリスト教的神学があり、その点を抜かしては、彼らの立論は魂を失うことになるというところにある。もちろん現在の科学が、そうした基礎を一切含んでいないことは明らかであろう。

以上簡単な考察からも、十七世紀ヨーロッパの哲学思想の中に、科学の萌芽があったことは確かであるにせよ、我々が現在その言葉で理解している「科学」とは異質のものであったと結論することは、決して非合理ではない。

科学と技術の差

言い換えれば、我々が科学と呼ぶ知的営みは、十九世紀に発していると考えてよい。そこに至る道筋をここでたどることは控えるが、一言でその経過を要約すれば、脱宗教化（世俗化）と専門化であろう。十八世紀啓蒙思想の展開する中で、キリスト教を基礎とする哲学が解体され、十九世紀に入って学問が新しい形で再建されていく際には、細分化された一つ一つの独立した「科学」（この言葉の字義上の意味での、つまり「科」に分かれた「学」問という意味での）が、出現することになったのである。科学、あるいは「自然科学」も、そうした領域の一つであった。

ではそのとき、科学に携わる科学者も同時に出現するが、彼らを自然探究に駆り立てる動機は何だったのだろうかという点を考えてみたい。十七世紀の哲学者たちを自然探究に向かわせていたのは、創造主たる神の被造世界としての自然を探究することで、神の創造の意図や計画を少しでも明らかにしようとする欲求であった。しかし、十九世紀の科学者にとって、それはもはや自然探究の動機にはならなかった。では、探究の成果が、社会の役に立つことが期待されたからだったか。

確かに、この時期に展開し始めた有機化学の分野では、十九世紀後半に、アンモニアを中心にしたソーダ産業に、直接に寄与するような研究成果が生み出され、そうした産業に、有機化学を専攻した人材が吸収されるという事態が見られたことは否めない。しかし、これは例外と言うべきだろう。例えば物理学者の研究は、これも、緯度・経度の測定・決定、あるいは電気や測定器具の国際標準化など、およそ物理学としては本筋を離れた領域での僅かな例外を除いて、およそ社会の利得や便宜とは無縁のところで行われるのが常で、物理学者を、研究に駆り立てる動機は「好奇心」、少し飾って言えば「真理の探究心」以上でも、以下でもなかった。したがって、研究行為に伴う全ての事態、研究成果の蓄積、流通、活用、評価、褒賞などの全ては、同じ分野の仲間（科学者共同体、具体的には専門学会）同士の間に限局されることになった。

蓄積という点で見れば、ダーウィンは自らの学問的主張を『種の起源』（一八五九年刊行）

という書物の形で発表したが、アインシュタインの特殊相対性理論の第一報は、一九〇五年に「アナーレン・デア・フュジーク」という論文誌に発表した短い論文であったことからも分かるように、十九世紀後半に、研究成果は論文として専門の学術誌に発表する習慣が出来上がった。多くの場合学術誌は、当時次々に結成される専門学会が刊行する。それゆえ、研究成果の流通も、学術誌の読者として限定される同僚研究者の間にのみ、行われることになる。

したがってほとんど自動的に、そうした形で流通する研究成果を活用し利用するのも、同じ同僚研究者のみに限られる。更に、成果の評価は、形式上も、内容上も、同僚研究者の手によるほかはなくなるのは、自然なことだろう。褒賞では〈eponym〉という無形の制度が生まれている。「エポニム」とは、元々は土地や場所に、ゆかりの人名を付けることで、例えば「間宮海峡」や「サンドイッチ諸島」などがこれに当たるが、科学では、重要な法則や規則、方程式などに、発見者の名前を冠して呼ぶ習慣が生まれたのである。「マクスウェルの電磁方程式」、「ボーアの相補性原理」、「ハイゼンベルクの不確定性関係」など実例は枚挙にいとまがない。これは、発見者に対する同僚の賛辞であり、敬意の表明であり、つまりは無形の褒賞制度と言える。本来研究者にとって、これを得ることは、ノーベル賞に勝る喜びになるはずである。

そのノーベル賞は、目に見える形での褒賞制度として、二十世紀初頭から稼動するが、疾病の治療と直接関わりを持つ生理学・医学賞はともかく、物理学賞も化学賞も、「人類への貢献」という抽象的な表現はあるが、基本的には、知識の増大への貢献が授賞の理由付けになっている。つまり専門仲間の知識体が増大することは、それぞれを足し合わせることによって、人類共通の財産である知識体全体を増やすことにつながるということが、すなわち人類への貢献と解されるのである。研究成果が社会の直接的な利得の増大につながるかどうかは、少なくとも出発点では、そして少なくとも原理的には、問題にされていない。

整理をしておくと、十九世紀に始まった科学という知的営みの全ては、科学の始まりと同時に暗々裏に結成されることになった科学者共同体、つまり具体的には専門学会の内部で完全に自己完結しており、その成果が、外部社会に漏れ出るルートはほとんどなかった。研究資金も、ほとんどの場合には研究者自らの調達によっていた。また徐々に生まれ始めた大学理学部出身の科学者も、教育機関を除くと、外部社会に受け皿はほとんどなかったのである。それでも科学者が研究活動に身を捧げるのは、自然の中に見つけた謎を、何としても解き明かしたいという思いからであり、また、それが達成されたときに「背筋を滑り落ちる、身を震わすような感動」(E・シャルガフの言葉)を味わうためであった。

こうした状況を裏から見れば、科学者は外部社会との関連に関して、ほとんど関心を示さず、例えば共同体における行動規範を考えるとしても、仲間内同士の間で通用すべきルールはともかく、外部社会に対する責任や義務などは、考えるべくもなかったのは当然だろう。

この点を技術の世界と比較すれば、事態はよりはっきりする。技術の世界でも十九世紀に入ると、大きな変革が起こった。それは技術に関する高等教育機関が次々に誕生したことである。

それまでは、政治技術やその一部である軍事技術などの「高度技術」も、あるいはそうした高度技術の現場を担う職人層や、生活技術の職人層も、技術の伝承は、世襲的な、あるいは親方・徒弟制度のような、縦の流れの中で行われてきた。しかし、十九世紀前後から、事態は急速に変化した。恐らくはフランス革命の終わり頃に生まれたエコール・ポリテクニークを嚆矢《こうし》として、十九世紀に入るや、ドイツ語圏のTH（Technische Hochschule）など、各国で技術の専門学校、つまり横の流れの中での展開を可能にする制度が誕生する。その結果、新しい社会層としての「技師」（engineer）が社会に送り出されることになる。当然ながら、彼らも同業者組合（association）を結成する。しかし、彼らの協会は結成すると、ほとんど例外なく行動規範を公表する。その中には、もちろん仲間内の性格のものも含まれているが、必ず外部社会に対する義務と責任とが含まれていた。日本を例に取れば、結成間もない昭和十三年に日本土木工学会は、施主に対する義務責任に加えて、今日で言えば公共の福利に対する義務と責任を明記した綱領を発表している。施主というのはカタカナ語のクライアントであるが、技術の場合、クライアントへの責任が生じると同時に、クライアントに対する義務と責任を果たすことが、公共の利益に反することなきや、も衡量《こうりょう》しなければならないからであった。

再び日本を例に取れば、日本物理学会は、今日に至るまで綱領を公表していないし、日本化学会が編纂、公表したのは二十一世紀になってからである。

この事実は、科学者共同体には基本的にクライアントが存在せず、それゆえ外部社会に対しても、関心や考慮を払ってこなかったことを明確に示している。

科学の変質

現代の科学は、こうした特徴から逸脱した面を備えるに至っている。そのきっかけを、私は戦間期に見たいと思う。一つの顕著な例は、一九三五年のカロザースによるナイロンの開発である。カロザースは博士号を持った純然たる化学研究者で、ハーヴァード大学などでも教えた経歴の持ち主だが、デュポン社の研究開発部門の責任者に雇用されて、絹に匹敵する、あるいは絹を凌駕する人工繊維の開発というミッションを与えられた。彼はそのミッションを見事に果たしたことになるが、本来科学者共同体の内部の人間であるはずのカロザースが、デュポン社という外部社会の企業に職を得て、科学者としての知識とノーハウとを利用して、企業の目指すミッションを達成するというパターンは、ここに明確になったように思われる。

もう一つの象徴的な事例は、言うまでもなくマンハッタン計画である。カロザースの場合は、研究成果のクライアントは産業であったが、マンハッタン計画の場合は、国家それも軍事という強大な権力機構がその立場になった。原子核内部の構造を解き明かしたいと思って、研究に励んでいた研究者たちは、その研究を国家の利益のために役立てようとは、少なくとも当初は夢にも思ってはいなかったであろう。しかし、時の大統領ローズヴェルトの意向によって、

V・ブッシュを責任者として連邦政府に生まれた科学研究開発局が、科学者の総動員態勢に踏み切り、核兵器の開発に乗り出したことは、まさしく、科学研究の外部社会の最有力機構である政府が、研究成果を買い取ったことを意味している。別の言い方をすれば、科学は、ここに技術と同じ立場に立ったことになる。

物理学者にとって、これは文字どおり初めての体験であった。そして彼らの間には、広島、長崎の惨状を目の当たりにして、戦慄を持って受け止め、激しい恐怖と後悔とに襲われた人々が生まれた。例えば先に触れたシャルガフは、物理学者ではないが、同じ科学に携わるものとして、「同罪」の意識を強く感じ、科学から身を引く方向へと動いた。当の物理学者の間でも、マンハッタン計画の現場には手を染めなかったアインシュタインをはじめ、多くの研究者が、戦後反核の運動に身を投じた。それは確かに、その後今日まで続くパグウォッシュ会議などの形で受け継がれてきているとも言えよう。ちなみに二〇一五年度のパグウォッシュ会議の大会は、日本の長崎で開かれた。

しかし、核兵器開発を非常に特殊な事例として受け止め、科学研究と社会との関係を、直接自らの問題として引き受けるような姿勢は、研究者の間では必ずしも広がってはいない。一九九九年にブダペストで開かれた世界科学会議において、科学の再定義が行われ、四つの科学の相が明確にされた。それによれば、従来の相、つまり知識の増大を目的にする、言わば純粋科学を第一に、第二には平和実現のための科学、第三には持続的発展に資する科学、そして第四に、社会の中の、また社会のための科学が挙げられた。細かいことを言えば、第二、第三は、第四に包括されるはずで、不要ではないかと考えられるが、出席していた途上国の代表たちの意をくんだ結果とのことである。それはともかく、ここでは世界の科学者たちが集まった会議で、科学が社会の利得に直接関与することを、公に認めたという事実は重要であろう。ただ、これが日本の学術会議にフィードバックされ、議論が行われた際に、若手の研究者の間では、「社会」などという意識は希薄、いや皆無ではないかという発言が相次いだことは、注意すべき点であろう。

もちろん、現在の研究環境は、過去のそれとは非常に違っていて、一本でも多く査読付きの論文を、インパクトファクターの高い学術誌に発表することが、至上命令とされるような厳しい状況にあっては、自分の研究と社会とを結び付けて考えている暇など全くないというのは、自然な反応でもある。それと同時に、科学の本来の面目に立ち戻ったときに、社会との結び付きを一義的には考えないという姿勢の正当性も、議論の対象になるだろう。難しいことではあるが、科学の本質が、人間の好奇心、あるいは真理探究心に由来しているがゆえに、社会の「利得」つまり「正の」つながりとは一線を画しているという、極めて正当な認識から、科学の純粋性を維持しつつ、しかし、今や科学がそういう孤高性のみに身を委ねているわけにいかず、外部社会から成果を収奪される可能性を、幅広く有しているという現実に鑑み、自分の研究成果が社会に取り込まれた際に、その中からどのような「負の」つながりが生まれるか、その可能性に関しては、敏感な感受性が科学者に求められると言えないであろうか。

科学と社会

こうして、現代社会においては、科学と技術（ないし工学）との間の壁は、少なくとも部分的には、ほとんど見えないようになっている。他方、日本では〈engineering〉を「工学」と訳したこともあって、近代化の早い時期から技術は大学内に許容されるに至った。東京大学と同じ明治十年に技術の高等専門学校として発足した工部大学校は、明治十九年には帝国大学と改称した東京大学の一部局として身分変えしたことが、その点を物語っている。先進圏では〈engineering〉は常に〈profession〉として位置付けられ、大学の構成要素としてはなかなか認められなかったことと、顕著な対比を成す。そうした事情もあって、日本では、元々科学と技術（というよりは工学）との区別は曖昧であったと言えるだろう。逆に見れば、早くから大学出の「工学士」が世に送り出された結果として、彼らは大学出身というステータスは享受したものの、欧米で認められてきた「技師」（engineer）という職種の持つある種のステータスは、希薄になったと言えるかもしれない。また、工学と社会との結び付きも、多少は先進圏と異なる様相を呈したとも言えるだろう。

いずれにしても、日本のみならず、近代化の深まった現代社会では、科学と技術の厳密な区別は薄れていることは確かだろう、ある種の研究者たちは、科学の側で起こっている現象に関して、モードIとモードIIという区別を立てようとしている。つまり、現代に起こっている科学と工学の接近は、科学の本質の変化ではなく、科学研究を行う様式（モード）の変質なのだというのである。モードIでは、十九世紀に発足した科学の本来の様式が保存されている。研究のトピックスを決めるのは研究者自身であり、研究期間はほぼ永続的、研究チームのメンバーも同質性を保ち、その構造も優れた研究者をリーダーとするハイアラーキカルな性格を持つ。これに反して、新しい様式であるモードIIでは、研究主題を決めるのは研究者仲間以外の社会の利害関係にある人々であり、研究期間はむしろ短期に設定され、研究メンバーは異質的、研究構造はリゾーム状（二次元的かつ複雑な網の目構造）であるという具合である。

このように捉えれば、モードIIの研究・開発チームの一員である科学者は、自分では論文重視の、従来型の科学者を逸脱しているという意識は一切持たずに、研究に従事しているとみなすことも十分可能になるだろう。一方、工学者や技術者も、当然チームメンバーであり得るのだから、ここでは、技術と科学とが期せずして（いや、期したと言った方がよいのかもしれないが）、同じ現場で協働作業をしていることにもなる。

こうした事態は、社会の要請から生まれたとも、科学が技術並みの問題解決能力を持ち始めたからとも言えるだろうが、そうであればなおさら、科学・技術と社会との関係は、新しい局面を迎えていることにもなる。

そうした中で、科学者、技術者に求められるものは何か。

第一に考えられることは、モードⅡで行われるような研究・開発に携わる以上、自分の専門以外の研究者とのコミュニケーション能力が必要になるだろう。S・フラーというイギリスにいる（アメリカの）科学社会学者が面白いことを書いている。「知識人」と「学者」の違いは何だろうか。学者は、自分の専門仲間との間でしかコミュニケーションの取れない人間を言う。知識人はそうではない、と。確かに、今特に科学の学会においては、専門分野が極度に細分化されていて、例えば物理学会や化学会では、同じ学会の同僚であってさえ、隣の分科会で行われている発表に、なかなかついていけないような事態が珍しくない。

それぞれの専門分野には、おびただしい数の、その分野特有のジャーゴン（仲間内言語）があって、それに通じていれば、いとも簡単にコミュニケーションが成り立つ一方で、通じていない人間にとっては、全く異邦人の言語空間にいるような思いをさせられるようになっている。

それでは、モードⅡの現場では、なかなか協働作業が進まないことが想定される。もっとも、これも既に触れているが、現場の個々の研究者はモードⅡを意識せず、自分の専門分野で、ひたすら論文作成のための研究に励んでいると考えることも、十分あり得る。ということは、個々の成果をしかるべきミッション達成のためにまとめ上げるのは、個々の研究者の役割ではなく、マネージャであるリーダーの役割であると考えるべきかもしれない。ただ、リーダーがその役割を果たすための前段階で、研究の現場でのコミュニケーションの不備は、決して良い条件ではないことは、確かであろう。

そして、各専門の研究者が、専門の異なる人々との間にコミュニケーションを成立させる能力を養う必要性は、単にモードⅡの現場にのみあるのではない。むしろ、研究者以外の外部社会に、自らの研究内容を説明する必要性がますます増大しているという点も考慮しなければならない。例えば、現代の研究には、設備・装置、あるいはそれらを管理する人材など、基礎的な費用だけでも、巨額に上る場合が多い。そうした経済的支援は、フィランスロピーで私的な財団などから得られる可能性もあるが、一般的には国家予算に頼るのが普通だろう。ということは、原理的にはタックスペイヤーに対する説明責任が生じるのが道理だからでもある。

第二には、既に前節の終わりで述べたことだが、研究者は、自分の研究の成果が、社会の中に普及したときの様々な事象、とりわけ負の事象の可能性について、常に敏感な感受性を養っておくことが求められる。この点は技術者よりも科学者において、強調されなければなるまい。技術者が自らの専門的な活動が社会に与える効果や影響に関して、むしろ感受性を磨かなければならない義務を要することは、当然だからである。そもそも、クライアントは、外部社会の一部であり、クライアントの要求を達成することは、第一義的な義務であろう。更に、クライアントへの義務と責任を果たすことが、社会全体の公益に反することはないかという問題についても、本来的に考慮しなければならないことも、当然と言えるだろう。

一つの対応策として、少しずつ広がりを見せているのが、高度教養教育という考え方である。

大学院と言えば、当該の専門教育を徹底するというのが本来の目的であったはずだが、MBAのような職能的な大学院も生まれてきたこととあいまって、ひたすら専門の狭い穴だけをうがつような方法への反省から、大学院にも教養教育が、いや、もしかすると、大学院であるからこそ、教養教育が必要であるという理念が、現在小規模ながら日本の大学に浸透し始めている。これは、専門家と言われる人々も、いわゆる〈Fachidiot〉（専門ばか）であってはならないという至極当然の観点だけでなく、上に述べてきたような、現代社会における専門家の新しい資格を満たすべく、責任を果たすべく、考えられていると言えよう。

しかし、第一の課題も、第二の課題も、特に全ての研究者が、常にそうした責任を果たす用意がなければならないと期待することは、現実的ではないという判断も受け入れるべきかもしれない。その際に、何らかの別の手立てはあるのだろうか。

コミュニケーションの問題

以上のような観点から、現代には、科学・技術と社会との間のコミュニケーションをつなぐための専門家の必要性が論じられるようになった。つまり、現場の科学者や技術者に代わって、彼らと社会とをつなぐ役割を専門的に果たす人材の養成である。特に科学の世界で、こうした人材の必要性が生まれ、「科学コミュニケーター」、「サイエンス・インタープリター」などの名前がメディアでも報じられるようになったことが、それを実証している。

名前はどうあれ、こうした役割を担う人々に求められる資質は、当然ながら、科学や技術の先端的な事情に十分精通していることであるが、それと同時に、非専門家の持つ疑問や危惧、あるいは問題意識が、たとえ専門家にとっては、非合理や無理解に映る場合でさえ、それをむげに否定するのではなく、むしろ、それらを専門家にも理解できる言葉で取り次ぐという役割も決定的に必要である。つまり、従来の科学や技術ジャーナリズムが往々に、単なる専門家の代弁者であり、一方通行の説得者になりがちであったことの反省に立って、「双方向的」な役割を担うことが重要なのである。

この資質は、言うほどに簡単ではない。そもそも、専門化の顕著な科学・技術の先端的な現場に精通することが、一人の人間として至難である上に、非専門家の立場から、彼らの様々な思いを専門家に橋渡しをする能力を備えることには、更なる困難が予想されるからである。現在幾つかの拠点で、こうした人材の養成が試みられている。十年ほど前に国家予算を得て、北海道大学、東京大学（教養学部）、早稲田大学の三つの拠点で、それぞれ少しずつ異なった視点を基に実験的な試みが始められ、国家予算が終わった後も、それぞれの機関に定着して試みは進められている。また国立科学博物館でも、独自の立場で、同様の試みが実施されてきた。その成果が目に見える形で現れてくるには、まだ時間が必要だが、注目すべき事態である。筆者が熟知するのは東京大学の場合だが、人材育成の機関は、一種の大学院内大学院といった形になっている。つまり、ある専門の大学院に属する学生が、そこで活動しながら、同時に大学院の専門課程として設けられた「科学インタープリター養成コース」に所属して、そこでのカリキュラムを受けるという形を取る。もちろん、専門の大学院での義務を果たすだけでも大変な努力を要するが、そのほかにエクストラとして、別のカリキュラムをこなさなければならないわけだから、学生にとっての負担は、かなり大きいと言わなければならない。もちろん、新しい課題に挑戦しようとする意欲的な学生で、コースは十分成り立っているが。彼らの努力に応えるためにも、社会の方が彼らの働き場所を提供するよう努めなければなるまい。

研究者とＥＬＳＩ

他方、研究に携わる人間がその成果が社会に流出した際に、どのような問題（とりわけＥＬＳＩ）[*1]が生じるかという点に考えを回らせるべきでは、というトピックスの方はどうなるだろうか。ここでも全ての研究者に、常にその問題を考慮しながら研究を進めてほしい、と願うことは理想的ではあるが、非現実的とのそしりを免れないだろう。代替案はあるだろうか。

ここではヨーロッパの比較的人口の少ない国々から始まった一種の社会制度が参考になる。それは通常ＰＴＡと呼ばれる。Participatory Technology Assessment の頭文字を取ったアクロニムであるが、「参加型技術評価」と訳されることが多い。念のための注意だが、ここでの日本語の「評価」は、特定の価値基準に基づいて、対象の良し悪しを判定するという意味での「評価」ではない。要するに問題となる対象について、ありとあらゆる可能な視点から検討を加えるという意味に取るべきである。

最も典型的なＰＴＡの一つは、主としてデンマークやオランダから始まった「コンセンサス会議」であろう。この言葉も誤解を生みやすいが、「コンセンサス」つまり衆議一決を目指すという方法ではない。またこうした手法を表現する言葉に〈ＤＰ〉(Deliberative Poll)(「熟議」と訳される)もある。コンセンサス会議はＤＰの形態の一つでもある。ある特定の課題が設定されると、その課題に関心あるいは関係のある市民層(ステークホルダーと言われる)を糾合して、会合のシリーズを設ける。このときの人数は、いろいろな場合が考えられる。例えば、最初はごく少数のステークホルダーから成る小グループを複数造るということもあり得るだろう。最初から適当な人数(例えば三十人程度)のグループ一つから始めることも可能だろう。課題の性格によって、その辺りは柔軟な考慮が求められよう。シリーズの最初では、問題の解説、場合によっては専門家による説明と、メンバーからの質疑応答が積み上げられる。一応めどが付いたところで、専門家を外して、市民メンバーだけの討議を行う、そこでもう一度専門家を招いて新たに生まれた質問をぶつける機会を設けることもある。こうした手続きを繰り返し、メンバーが十分に議論をし尽くしたと思われるようになった段階で、当該のトピックスについての最終的な意見集約を行う。場合によっては満場一致のこともあるだろうが、意見分布が残ることもあろう。その結果については、デンマークなどでは、議会にフィードバックされて、議会の議決と同じ重さで、行政側あるいは為政者が判断するという方法を取っている。日本では、政治的課題について、公聴会や意見聴取の会が行政の手で行われるのが習慣になっているが、セレモニーという形でしか受け取られないのが通常である。しかもメディアには、そうして出席者の中に当該の関係者がいることをとがめる習慣がある。例えば原子力発電をめぐる意見聴取の会に、電力会社の社員が出席していることを激しく攻撃する記事がしばしば掲載される。しかし、電力会社の社員もまた、この問題に関しては立派なステークホルダーの一員であろう。この一事を見ても、公聴会や意見聴取の会が、真の意味で熟議の場とみなされていないことが分かろう。

確かにコンセンサス会議も、デンマークのように議会の議決と同等の重みをもって、為政者の判断材料となるというような場合以外は、「やりっぱなし」つまりはセレモニーになる危険はある。しかし、コンセンサス会議とは銘を打たなくとも、オランダにおけるPAD[*2]や安楽死の法律制定の過程などでは、実に半世紀を掛けて、じっくりと様々な形での熟議型の議論を積み重ね、ついに法制化にまで漕ぎ着けた例などを見ると、本気でやる気さえあれば、こうした手続きや手法は時間は掛かるかもしれないが、十分意味のあるものだと言えないか。

別の面からこうした動きを捉えれば、技術の世界ではある意味で一般化している「技術評価」（通常〈TA〉と略称される）の徹底、あるいは高度化でもある。日本でも一九八〇年代の一時期、TAがしきりに議論されたことがある。しかし、結局は制度化には至らなかった。海外では、政府機関若しくは政府機関の外郭の第三者機関として、TAが制度化されているところも少なくない。

この点は、コンセンサス会議の主催者が誰になるかという、かなり決定的な問題にも絡んでくる。日本社会で、コンセンサス会議の主宰が行政機関であるとすると、恐らくはセレモニー以上の意味が生まれ難いであろう。まして、関連企業が主宰することは、ほとんど不可能であろう。第三者機関が十分な説得力を持つ形で設立されていれば、市民の信頼を得られるであろう。あるいは学会、大学の部局、大学人個人なども、主宰者の可能性があるだろう。その際、仮に大学の研究者が、主宰の責任を担うとすれば、よほどの幅広い識見と、市民層から十分な信頼を得られるだけの力量を備えていなければなるまい。

おわりに

このように考えてくると、現代社会が極めて矛盾する、あるいは少なくとも相いれ難い複数の方向性を同時に解決しなければならない課題を抱えていることが分かる。専門化の傾向は日に激化の一途をたどり、国際競争において生き抜いていくだけの研究上の基礎を確保するためには、その方向を否定することは困難である。しかし、他方では、専門家が自らの専門に沈潜しているだけでは、専門家としての責任を果たすことができず、広く社会的な視野の中で、自らの研究を把握するだけの力を備えなければならない。また、非専門家たる一般の市民層も、専門化すればするほど、自分たちの生きる世界から遠くなる科学・技術の世界を、ただ外から眺めているだけでは、やはり責任を果たせない事態を迎えている。少なくとも、専門家との間のコミュニケーションがある程度は成立するだけの基礎的な関心と理解とが、必須のものとして求められる。

こうした事態を前に、単に困難であると手をこまねいているだけでは、ことは進まない。新しい時代状況に見合うような、教育制度の創出も必須だろう。専門家同士の間ばかりではなく、非専門家と専門家との間にも、コミュニケーションが成り立つような方策が望まれるが、既に言及した大学院における教養教育の萌芽は、そうした試みの一つである。人文・社会系が科学・技術の発展のためには不用であるというような理解があるとしたら、それは冗談もほどほどにと言わねばなるまい。科学・技術が抱え込む問題にＥＬＳＩがあるという一点だけからでも、現代社会の科学・技術には、人文・社会系の専門家との協働が必須であるからである。

他方初等・中等教育の段階での、意識の変革も強く求められる。専門的な研究へと誘う基礎的な内容と同時に、そうしたキャリアへ進まない多くの生徒たちに、科学・技術への関心と理解とを維持・発展させるための、あらゆる努力が求められる。それを理科教育だけが担う必要はないことも指摘しておきたい。日本語にないので、英語になるが、〈across the curriculum〉という概念がある。一つの教科にかぎらず、多くの教科が当該の問題への関連を見いだして、生徒たちに関心を持たせるという工夫も考えるべきだろう。もとより、既成の教育制度だけに責任があるわけでもない。これも既に触れたPTAあるいはDPなどの扱い方も含めて、社会の法的な制度や、行政の機構などにも考えるべき点は多い。こうして一つ一つ、丹念に従来の在り方を検討しながら、地道に進んでいくことが、結局は新しい社会の文化を造り上げていくことになるという点を、私は信じている。

【注】

＊1　ＥＬＳＩという言葉はEthical, Legal, and Social Issues（倫理的、法的、社会的諸問題）の頭文字を取った造語。

＊2　Physician Assisted Deathの頭文字を取った略語。医師が自殺希望者に致死薬を与える（服用させるのではない）こと。ＰＡＤを自殺幇助から免責する法制化が行われた。

【参考文献】
マイケル・ギボンズ／小林信一訳『現代社会と知の創造』丸善ライブラリー、一九九七
スティーヴ・フラー『知識人として生きる』青土社、二〇〇九

科学と宗教

一世紀を経て

大きな話題を小さな私的述懐から始めることをお許し戴きたい。なお、ここでは、科学がヨーロッパ起源であることに鑑みて、宗教は同じヨーロッパ社会の基礎をなすキリスト教に限定して扱うことにしたい。

さて、筆者が学生のころ、というと、もう半世紀以上も前ということになるが、キリスト教は、科学に対する頑迷な最大の敵であるというのが世間の常識であった。いや、世間どころではない。学問、しかも科学の歴史の探究を志した当時の筆者に、学問の世界で最初に与えられた教科書は、ドレイパーの『宗教と科学の闘争史』（上下巻、平田寛訳、創元社、一九四九、その後幾つかの版あり）であった。ドレイパー（John W. Draper, 1811-1882）は、アメリカ（イギリス生まれだが）の最初期の物理学者・化学者であり、傍ら科学史、思想史の著述にも手を染めていた人物である。なお訳者の平田氏は、早稲田大学の古代ギリシャ哲学の教授で、東京大学の科学史の非常勤講師であった。この書は、当時近代科学の通史的な書物としては、ごく標準的なものとの評価のある書物であった。ほとんどページ毎に、科学者誰某は、教会の頑迷な反対にもめげずに、といった趣旨の表現に出会う性格をもっていたものである。

ガリレオ事件、あるいはダーウィンの進化論に対するキリスト教界の姿勢、などの解釈についての、典型的なステレオタイプがそこにあった。というよりは、そうしたステレオタイプを造り出す役割の一端を担った書であった、と言う方が正しいかもしれない。

宗教と科学の関係に関する解釈上、当時重要なもう一つの要素は、戦中の弾圧から解放されて、知識界、学問界のなかで、大きな勢力となったマルクス主義史観あるいは唯物史観であった。その立場からすれば、宗教は本来最大の敵の一つであり、敵の敵である科学こそが、信奉すべき錦旗《きんき》に他ならなかったからである。

いずれにせよ、一九五〇年代から六〇年代の学界においては、世間の常識以上に、宗教なかんずくキリスト教は、科学の敵でしかなかった。その六〇年代に、アメリカの技術史家リン・ホワイト・ジュニア（Lynn White Jr., 1907-1987）が発表した論考は、筆者にとっても、大きな意味があった。ホワイトは一九六七年のＡＡＡＳ（全米科学振興協会）の総会の席上で、

「現下生態学上の危機の歴史的源泉」（The Historical Roots of our Ecologic Crisis）と題する講演を行い、翌年の『サイエンス』誌上に活字として公表した。また翌年、この論考を中心とする論文集を*Machina ex Deo*として刊行する（青本靖三訳『機械と神』みすず書房、一九七二、その後新版あり）。この書物の原題は、ラテン語のフレーズとしてヨーロッパ語のなかに浸透している〈deus ex machina〉（もともとはギリシャ語〈theos ek mekhane〉、字義上は、機械から現れる神、を意味し、ギリシャの作劇上の手法、つまり筋立てが錯綜としてきたときに、機械仕掛けで神が登場し、強引に問題を解決する方法を指すが、その後「急場の助け舟」といった趣で使われる）の語順を逆転させており、〈machina〉で「現代の科学・技術」を、〈deus〉で「キリスト教」を指している。ここでは、キリスト教は、現代の科学・技術を今日の形に仕立てた「子宮」とみなされ、科学・技術が齎《もたち》した環境破壊の責任を負うべきである、として糾弾されている。

　ホワイトの所説の正否は措くとして、ほぼ一世紀の時間を挟んで、アメリカで刊行されたこの二つの書物の内容の、余りの落差には、それだけで驚かされると同時に、キリスト教と科学との関係についての解釈に、国際的にほとんど正反対の変化が生じていることを実感させられる。

近代科学の発祥

現在科学史の世界で、最も一般的に共有されているのは「科学革命論」であろう。一九四九年に、イギリスの一般歴史家バターフィールド（Herbert Butterfield, 1900-1979）が発表した *The Origins of Modern Science*（渡辺正雄訳『近代科学の誕生』上下巻、講談社学術文庫、一九七八）の内容を、その嚆矢《こうし》とするのが通説である。もともと、この書は、この時代の歴史学一般のなかで広がっていた、中世暗黒論を覆す試みの一つで、近代科学の源を十四世紀以降のヨーロッパの学問的展開のなかに探ろうとする意図をもって書かれたが、そうした中世における学問的蓄積の結果として、十六世紀半ばから十七世紀一杯の一世紀半ほどの間に起こった自然解釈の変化を一種の思想革命と捉え、「科学革命」（Scientific Revolution）と名付けたことが、科学革命論を生み出した。なお念のために付け加えるが、その後科学史の世界でアメリカのクーン（Thomas Kuhn, 1922-1996）が提唱した科学革命論が一般にも普及したために、混同されがちだが、クーンのそれは〈scientific revolutions〉と複数扱いされる普通名詞であるのに反して、バターフィールドのそれは、産業革命（Industrial Revoluton）や、ルネサンス（Renaissance）のように、歴史上の一時期を切り取って指定する固有名詞として、大文字化されていることに留意したい。両者は、一部の意味に重なるところはあっても、本来は異なる概念である（ただし、クーンの概念は、明らかにバターフィールドのそれの影響下にある）。

もう一度私的述懐に戻れば、ちょうど、筆者が学生のとき、このバターフィールドの原著に出会い、貪るように読んだ記憶がある。しかし、当時の科学史の学界は、一部を除いては、唯物史観に固執し、こうした概念さえ、無意味なものとして否定する傾向にあった。

さて、十六世紀半ばから十七世紀一杯、という切り取られた時期の、具体的な内容としては、コペルニクスの太陽中心説（地動説）の提唱（一五四三）から、ニュートンの力学体系の提示（一六八七）を指している。つまり、それまでの古代ギリシャに始まり、ローマ（西、および東）帝国、イスラム圏、そしてヨーロッパ中世を通じて、知的伝統を形成してきたプトレマイオス（Ptolemaios, 二世紀に活躍）を集大成とする地球中心説（天動説）や、ガレノス（Galenos, 129-c.200）の生理学の体系、そしてアリストテレスの運動論が、コペルニクス（Nicolaus Copernicus, 1473-1543）、ハーヴィ（William Harvey, 1578-1657）、あるいはケプラー（Johannes Kepler, 1571-1630）、ガリレオ（Galileo Galilei, 1564-1642）、そしてニュートン（Issac Newton, 1643-1727）らの手で覆され、科学的な理論へと転換させられた、という面に着目して、それらの転換を「革命」と捉えるのが科学革命論の骨子となる。

科学革命論の欠陥

バターフィールドの所論では、中世に、科学革命を準備する様々な自然学上の進歩・発展があった（そのことを明確にするために、彼は自著の副題に〈一三〇〇―一八〇〇〉を付けている）としており、それだけで、キリスト教と科学との関係を否定的に見ていないことははっきりしているが、また彼は、ホイッグ史観を批判する論考も発表している（The Whig Interpretation of History, 1931, 越智武臣ほか訳『ウィッグ史観批判』未來社、一九六七）が、それでも、この歴史観には、問題点があることを指摘せざるを得ない。因みにホイッグ史観は、歴史の「進歩」を大前提にする歴史観である。後代から評価される成功者と、それに抵抗した保守者とを対比させて、歴史は前者によって造られる、とする考え方を意味する。そのような観点から見れば、科学革命論は、彼が本来批判したはずのホイッグ史観の欠陥を、そっくり科学史の上に展開していると評すべきではないか。

というのも、別の観点から見れば、科学革命の時期は、ほとんど完全にルネサンスに重なっている。もっともルネサンスという概念も、当初フランスのミシュレ（Jules Michelet, 1798-1874）やドイツのブルクハルト（Jacob Burchhardt, 1818-1897）らが提唱した時には、近代を切り開く開明的・合理的な精神の魁《さきがけ》のような意味が籠められていた。しかし現代では、ルネサンスは、新プラトン主義の勃興に伴い、神秘主義や魔術などにも傾倒する、一種猥雑な精神性を発揮した時代として理解されている。そしてまさしく、パラケルスス（Paracelsus, 1493-1541）、フラッド（Robert Fludd, 1574-1637）、アンドレーエ（Johannes Andreae, 1586-1654）などが活躍し、あるいはクリスティアン・ローゼンクロイツ（Christian Rosenkreutz, 1378-1484）のような、恐らくは架空の人物がもてはやされた時代であった。ローゼンクロイツはアンドレーエの著作とされる『化学の結婚』（種村季弘訳、紀伊國屋書店、一九九三）のなかで、触れられている一種の聖者（その生息年代も、同著による）で、キリスト教神秘主義の典型をなす思想を展開したとされ、彼の思想を中心に秘密結社「薔薇十字会」が結成され、大きな影響力を持った。

しかし、現在日本の読者で、上に挙げたような人々の名前を、聞き知っているという方が、どの位おられるだろう、その疑いが起こること自体が、一般のルネサンス期に関する認識が、完全なホイッグ史観に依存していることを示している。つまり、彼らは、歴史の「進歩」を担わなかった敗者として、歴史から消されてしまっているのである。そして、バターフィールドが科学革命を担ったとした人々は、まさしく後世から見た「勝利者」であり、換言すれば、科学革命論によれば、この時代は、こうした勝利者の手で造られたということになってしまう。

しかし、歴史に実際に踏み込んでみれば、およそ、それが実際からは離れた考え方であることがはっきりする。例えば、コペルニクスの太陽中心説が、新プラトン主義の世界観の上に成り立っていることは、「地球は毎年、太陽によって妊娠させられる」という主張一事をもってしても明らかである。あるいは近代天文学者の祖のように解釈されるケプラーは、上記のフラッドと激しい論争を交わすが、そのテーマは数字の三が神聖か、四が神聖か、という、およそ「近代科学」的な立場からみれば無意味なものであった。つまりフラッドとケプラーは、勝者と敗者ではなく、まさしく同時代人であったのである。

それと同時に、教皇庁異端審問所と問題を起こしたガリレオを含めて、科学革命の担い手とされた誰一人として、キリスト教に疑問を抱いたり、離脱しようとした人はいなかった、という点は重要である。現代の科学が、宗教に完全に中立的な立場をとることを考えれば、科学革命期の近代科学の提唱者とされる人々の「科学」は、その点で、明らかに現代の科学とは異質である。彼らの思想からキリスト教の世界観が剥奪されるには、十八世紀啓蒙主義の洗礼を受けなければならなかったのである。

やぶにらみ物理学の歴史

物理学を専門とするわけでもない筆者は、物理学の内容に関して、その未来を占う能力も資格もない。出来ることと言えば、科学の歴史を勉強してきたものとして、その過去を振り返ることであり、それが、未来を考える一助になれば、と願うことくらいである。と言っても、学説史ならば、自身のものも含めて、すでに多くある。少し斜めから見た歴史ということになろうか。

ニュートンとは誰だったか

物理学の歴史は、それほど長いものではない。というと、すぐ反論があって、ニュートン

(Isaac Newton, 1643-1727) からでも、三〇〇年以上経っているではないかと言われるかもしれない。しかし、はっきりさせておきたいのは、ニュートンの時代には、物理学も、ましてや物理学者も、世界どこを見渡しても存在しなかったという事実である。一つのヒントは、「物理学者」という言葉にある。「物理学者」の英語は、言うまでもなく〈physicist〉だが、この単語は一八四〇年ころに、イギリスのヒューエル(William Whewell, 1794-1866)という人物が造語するまで、英語の語彙のなかにはなかったのである。イギリス人であるニュートンは、書物を書くときは、主著と言われる『自然哲学の数学的原理』も含めて、当時の習慣に従って概ねラテン語で書いたが、日常は無論英語でコミュニケーションが行われる世界に生きていたはずである。したがって、その彼は、生涯に一度も〈physicist〉と呼ばれたこともなければ、自らを〈physicist〉として考えたこともなかったことは明らかである。

ニュートンを話題にしたので、ついでに書いておけば、ニュートンが携わった領域というのは、今の概念付けで言えば、驚くべき広範にわたっている。若いころから熱中していたのは錬金術だが、そのほかにも、数学、天文学、物理学、聖書神学、地質学、財政学、経済学、経営学などと名付け得る領域に、関心を持つばかりでなく、それを仕事にしてもいる。よく知られているように、晩年のニュートンは、財務的な職業に就き、造幣局に類した組織の責任者でもあった。こうした領域は、現在では、その一つでもまともに取り組めば、それだけで一生専念しても十分ではない性格のものと考えられるが、それらは、個々の領域の区別なく「哲学」

（愛知）の営みとしてひとまとめに括られており、特段領域の越境とか、万能というような意識もなく、受け取られているものだった。ニュートンは今からみればたしかに万能の天才のように見えるが、当時としては取り立てて「万能」であるという評価はなかったし、またもし彼が何者であるか、を当時の言葉で定義するとすれば、「哲学者」（philosopher）以外にはあり得なかったであろう。

学問の個別化

そうだとすれば、ヨーロッパの学問では、哲学という有機的で大きな知的体系から、個別の領域に、徹底した個別化・分化するという革命的出来事が、歴史上のどこかで起こったと見なければならない。そして、私たちは、すでにその答えを暗々裏には知っている。つまりヒューエルが〈physicist〉という言葉を造語しなければならなかった十九世紀に、その革命が生じたのである。ここで、〈physicist〉の語尾の〈ist〉という接尾語に注目しておきたい。現在、学問領域として考えられる伝統的な概念、つまり「物理学」はもちろん、たとえば「生物学」、「地質学」、「植物学」あるいは「社会学」、「経済学」などの専門家はすべて、英語では、それらの領域を示す語に語尾〈ist〉を付して表現される。つまり〈biologist〉、〈geologist〉、〈sociologist〉という具合である。この〈ist〉という接尾語は、もとより「人」を表すものだが、とくに、その前に置かれる言葉あるいは概念が、狭く、特化されたものであるのが原則である。「音楽家」が〈musician〉であるのに対して、「フルート吹き」や「ピアノ弾き」が〈flutist〉であり〈pianist〉であること、あるいは「お医者」が〈physician〉であるのに対して、「歯医者」が〈dentist〉であることからも、この原則は容易に理解できる。その意味では、ヨーロッパでは十九世紀に入って、一挙に学問の個別化・分化が進み、さまざまな〈ist〉たちが誕生したことになる。

ちなみにヨーロッパの大学が、理学系専門の学部を備えるようになったのは、十九世紀後半の出来事で、ドイツの名高い「帝国物理工学機構」(Physikalisch-Technische Reichsanstalt, PTR) の創設は一八八七年のことだから、そのころには「物理学」という領域概念は確立されていたと考えてよいだろう。

この点では、日本にも傍証がある。日本語の「科学」という言葉である。まさに十九世紀半ば近く、日本はヨーロッパの学問を輸入することに全精力を傾け、しかも、それを日本語で受け入れるために、そこで使われている術語の一つ一つを、意味を伝えることのできる漢字を使って、日本語に翻訳することに力を尽くした。今私たちが何気なく使っている「社会」、「神経」、「哲学」などはすべてその努力の産物であり、「科学」もまたその一つである。その本来の意味は「さまざまな科に岐れた学問」であり、まさしく、学問の個別化・分化の極にあった当時のヨーロッパの状況を、そのまま映し出すものであったと言えよう。

科学のなかの物理学

すでにある程度は暗示されているように、上に述べたことは、自然科学一般についても言えることで、自然科学自体が、他の社会科学や人文学とは区別された、特化した領域として成立するのも、ほぼ同じ過程をたどってのことであった。そこでは、二つの流れが見られた。一つは博物学（natural history）の伝統を引き継ぐ動物学、植物学、あるいは生物学であり、もう一つは、先に述べたニュートンを大先達とする物理学であった。もちろん物理学にも博物学的な要素は含まれており、地球の緯度・経度の測定や、地磁気、天文学的な自然理解などが、それに当たるが、もう一方で、十八世紀の準備期間の間に、ヴォルテール（François-Marie Arouet de Voltaire, 1694-1778）、モーペルテュイ（Pierre-Louis Moreau de Maupertuis, 1698-1759）、シャトレ夫人（Gabrielle Émilie Le Tonnelier de Breteuil, marquise du Châtelet, 1706-1749）らの手で大陸に紹介され、普及したニュートン哲学は、微積分学の精密化をきっかけに数学的な装いを凝らされた上で、ラプラス（Pierre-Simon Laplace, 1749-1827）によって、新興の領域である物理学の理論的中心になった。

同時に、産業や軍事の革命的な進歩から生じた熱現象への関心から、ニュートン力学（もう、そう呼んでも差し支えあるまい）の外にある物理学的な現象へのアプローチも生まれ、また、これもニュートンが先鞭を付けた光を中心とする電磁現象の解明も一挙に進んだのが、十九世紀末の状況であった。

そして世紀末から二十世紀前半、こうした諸課題を統合するような新たな物理学として、量子力学と相対性理論が誕生するに及んで、自然科学における王道としての物理学の位置は、揺るぎないものとなったように見えた。量子力学創生期の混乱がある程度収まった一九二〇年代後半には、先端的な物理学者たちの目は、これまで物理学が立ち入らなかった、あるいは科学の出発点で、博物学という形で分かれていたはずの生物学に及んだのである。

一九三三年の『ネーチャー』誌上に発表されたボーア（Niels Bohr, 1885-1962）の「光と生命」という論考（講演は前年）や、一九四四年に刊行されたシュレーディンガー（Erwin Schrödinger, 1887-1961）の名著『生命とは何か』は、そうした大きなうねりの波頭のようなものと考えることができる。実際彼らから直接薫陶を受け、深く感化された物理学の学徒デルブリュック（Max Delbrück, 1906-1981）は、後に「分子生物学の父」と呼ばれるようになる。ここには、量子力学の非決定性と生命現象との融合の可能性を考えていた先輩たちの思惑とは裏腹に、むしろ創生期の分子生物学が、生命現象の決定論的な構造を強く打ち出したという、歴史の皮肉もある。もちろん、時代の深まりとともに、セントラルドグマと称される決定論的な生物観は、分子生物学のなかでも、修正を余儀なくされることになるが、ここでは、その詳細には立ち入らない。

物理学から生命科学へ

いずれにしても、物理現象から生命現象への視点の移動という、この二十世紀半ばに始まった波は、理論的な内容はさておいて、社会現象、あるいは制度という観点から見たとき、物理学に一つの決定的な意味を持っていた。

その象徴的な例がＭＩＴに見られる。ＭＩＴは、周知のように現代では社会科学や人文学の一部も含む総合大学であるが、二十世紀末近くまでは、すべての学部学生に物理学を必修として課していた。だが現在では、物理学は選択科目になり、「生命科学」が必修になっているという。また、ファカルティスタッフの数や登録する学生数も、現在では、物理学系よりも生命科学系の方が、はるかに多くなっている。

あるいはクリントン元米国大統領の発した教書のなかで、彼は二十世紀を「物理学の時代」と捉え、来るべき二十一世紀は「生命科学の時代」になろう、という意味の発言をしている。それは、ちょうど、国際的な規模で進んでいた「ヒトゲノム読解計画」が、予期以上に速やかな進展を遂げつつあったこととも無関係ではあるまいが、しかし、一般論としても、時代の流れを適切に読み取った発言であった、と言えるだろう。

こうした流れには、原子核物理学の去就が、一つの影を落としているように思われる。二十世紀の一九四〇年代、原子核研究の科学者共同体のなかで流通する知識が、大量殺戮兵器の製造に利用できる、という可能性が生じ、それが単に可能性だけではなく、米国の行政府によって実行に移され、広島・長崎という結果を生み出した。そのことに、物理学者の共同体のかなりな部分が、ある種の自責感を抱いたことは、その後のラッセル‐アインシュタイン宣言や、パグウォッシュ会議などの出来事でも、はっきりしている。

本来、科学者、物理学者の個人的な好奇心を満足させるための研究活動であったものの結果が、下手をすれば人類を破滅させるほどの、社会的「効用」を現したことは、研究活動と、その成果の社会的利用との間の関係に関して、心ある研究者を考え込ませるのに十分であった。

その想いは、物理学を、あらためて社会的利用から、距離を置く方向にとどめる働きをしてきたのではないか。もともと天文学こそが、そうした意味で、社会的利用からもっとも離れた研究領域として、定評があった。もちろん、かつては、天文学は、権力者が必須の権利の一つとして保有してきた編暦という、きわめて重要な社会的利用があり、さらに、陸上・海上を問わず、位置測定のためというもう一つの重要な社会的利用をも、その特色としていた。

しかし、近代社会のインフラストラクチャーの整備とともに、それらが、行政府や技術の世界に委ねられるようになり、天文学者にして占星術師の手を離れると、そして、天文学が一つの学問領域として十九世紀に確立すると、天文学は、社会的な利用からもっとも遠い科学の領域ということになった。物理学は、むしろそうした天文学や宇宙論との内的な関連もあって、同じような位置づけを自らに与えているように思われる。

物理工学もあって

その背景には、工学の成立も絡んでいる。十八世紀末から、ヨーロッパでは、技術の専門学校が次々に誕生した。十八世紀末のフランスのエコール・ポリテクニーク、一八一五年ウィーンに始まるドイツ語圏のＴＨ（技術高等専門学校）などがそれである。米国の土地付き学校として知られる「メカニカル・カレッジ」も、同種のものと言える。それまで、世襲制度やギルドの親方・徒弟制度のなかに閉じ込められてきた技術の世界が、学校という新しい制度的対応のなかで原則誰にでも開かれたものになり、同じころ本格的に始動し始めた科学の場合と同じように、蓄積・進歩が可能になると同時に、技術者（エンジニア）という新しい社会層をも生み出した。もちろん、こうした学校は、大学とは一線を画し、学位授与権を持たなかったが、技術者は、単に経験に基づく「技」を超えて、組織的な知識としての技術の世界を造りだすことになった。

日本では、少し事情が異なっていた。一八七七年、東京大学の創設と同時に、欧米の制度を模倣し、工部大学校を設立したが、すでに技術は「工学」つまり学問として把握されており、しかもこの学校は九年間の輝かしい成果を残しながら、一八八六年には、東京大学に編入される形で消滅する。言い換えれば、日本では、技術を大学で扱うべき学問とみなしたのであり、東京大学は世界で初めて、技術を他の学問と同じ立場で扱った大学になった。

そのこともあって、日本では物理工学という概念にも、きわめて積極的に取り組むことができた。つまり、研究成果と社会との接点は、工学に任せることによって、物理学は、むしろ安心して「好奇心駆動型」の科学に留まることが容易だったとも言える。そしてこの事態は、多少は日本から遅れたとは言え、国際的にも、同様の動きを見せた。

このことは、物理学が、安んじて、社会的効用との結びつきに、距離を置くことができる背景の一つではなかったろうか。

生命科学は

他方生命科学は、本来は博物学という、自然の構成を歴史的な視点も加えながら探る、という広範な領域ではあったが、そのなかには中国風に言えば木草学、つまりは薬学のような、医療と直接つながる実践的な性格のものも含んでいた。さらには醸造学のように、化学と結びついて、むしろ技術の世界へつながる領域も、その仲間であったと言ってよい。

十九世紀に生物学が成立して、当初は確かに、その中心を分類学が占め、また生物の進化史のように、博物学の本道に沿った方向での研究が主体ではあったが、生化学から分子生物学への展開が二十世紀前半に起こると、生命現象の研究が、そのまま、延命や治療への応用、つまり社会的効用を期待させるものとして進み始めた。

逆に見れば、生命科学は、自然のなかに未知のものを探り当て、それを、過去から蓄積されてきた知識と照合しつつ、自然のどの位置に収めるか、ということを体系化して考究する、博物学本来の業務――それは一面では、物理学と同じように、好奇心駆動の結果なのであるが――を忘れてしまったかのようでもある。

そして今日では、生命科学は、医療体制の整備に伴って、社会的利用にさまざまな形で貢献できるものとして、自己を強く主張するものとなり、研究費の取得の際にも、社会的利用価値を偏重する社会全体の傾向もあって、生命科学の黄金時代を迎えている、ということができるだろう。

物理学の未来

上のような記述から導かれるものがあるとすれば、それは物理学の制度的未来にとって、必ずしも明るいものではない。しかし、考えてみれば、自然の謎に豊かな好奇心をもって臨み、その解明に生涯をかけてもよい、と思うような人間が、本来、社会のなかに、そうそう多くいるものではない。十九世紀ヨーロッパに科学、あるいは物理学が始まったときは、まさにそうした数少ない有志の人のみが、科学者であり、物理学者であった。学問の社会的効用を無視するものではないが、学問の、あるいは科学の本来の姿が、そうであるならば、物理学は、そうした慎ましい、しかし、人間のある最良の部分を示す営みの代表として、右顧左眄せずに進んでいくのが妥当なのではあるまいか。

行列の話

量子論と量子力学

細かいことを言うようですが、量子論と量子力学とは区別されることになっています。英語の〈quantum theory〉と〈quantum mechanics〉の違いがそれに当たります。もっとも、日本語では「前期量子論」という言葉が使われたこともありましたが、今では上の二つで整理されていると考えてよいでしょう。つまり「前期量子論」というのは、「量子論」で代表されてしまうことになります。そのことからも判りますように、この二つは、内容的にもさることながら、歴史的時期によって区分けされるものでもあります。その区分点は、大体一九二五年と考えてよいと思います。

量子論の時代

量子という概念は、大体十九世紀と二十世紀の変わり目の頃に、初めて誕生しました。それは、主として二つの局面から生まれてきたと申せましょう。一つは、理論的な性格のもの、もう一つは、むしろ産業革命の進展とともに現れた現実的な性格のものでした。

現実的側面での初期の展開はこんな風に始まりました。十九世紀後半産業革命は新たな段階を迎え、軽工業から鉄鋼を中心とした重工業へと進展しつつありました。鉄鋼産業の発展は、必然的に高温、高エネルギーの世界へと人々を誘い、熱放射に関する豊かな課題を内包する新しい現場が創出されたのです。黒体放射という課題もその一つでした。

黒体というのは放射線（光線と熱線の区別は本来存在しないという前提の下で）のすべてを吸収する物体として定義されます。その黒体の放射というのは、いわば放射の理想状態を意味するもので、高温に熱せられた場合にあらゆる波長の放射線を放射すると想定した上で、そこで得られる放射スペクトルを指しています。一八六〇年頃、グスタフ・キルヒホッフ（Gustav Kirchhoff, 1824-1887）という物理学者が、このようなスペクトルにあっては、波長と温度のみが、本質的に現象に関与するということを明らかにしています。つまり、使われている素材の性質や状態などは、偶発的なものであり、一切考慮しないでよい、という「理想状態」を意味するものであったわけです。

そこから有名なヴィルヘルム・ヴィーン（Wilhelm Wien, 1864-1928）の二つの規則が導かれました。最初の規則は、一言で言えば、波長と温度は、その積が常に一定になるように変化する、ということを示していました。さらにヴィーンは、熱放射体を「気体」と見なす、という設定の下で、放射の波長を分子の速度の関数として考えることにより、エネルギー分布を算出する公式まで手に入れました。前者をヴィーンの変位則、後者をヴィーンの分布則と呼んでいます。これらの規則は、熱力学と電磁気学の融合の形で生まれたもので、理論的な性格のものでしたが、すでに述べた高熱、高エネルギーの現場で得られるデータとよく合っていました。

ところが困ったことに、この分布式は長波長領域では、実験的なデータが満足させないのです。キルヒホッフの後任としてベルリン大学の教授になったのがマックス・プランク（Max Planck, 1858-1947）でしたが、このプランクは、キルヒホッフの問題意識を受け継いで黒体放射の問題に取り組むことになります。実は、ここにはもう一つ厄介な問題がありました。普通「紫外発散」と言われています。ヴィーンの分布式は、長波長で実験値と合わないばかりでなく、波長が短くなる（つまり振動数が大きくなる）極限で、放射エネルギーが無限大になってしまう形を持っていたのです。それを「発散」の問題と言いました。プランクはこの発散の問題と長波長の場合の困難を回避するために、エネルギーが「連続量」ではない、という仮説を立ててみることを思いつきました。これは一種苦肉の策でありましたが、これによってヴィーンの規則を導くことのできる基礎的な式を立てることができることを確かめました。ここでの工夫は、エネルギーの量を、連続量ではなく、「エネルギー要素」と呼ばれるεの整数倍という形で定義することでした。この着想がプランクの手で公表されたのは、ちょうど一九〇〇年のことで、このエネルギー要素という概念こそ、量子という名こそ与えられていませんが、量子の誕生を予告するものでした。$E=h\nu$という簡潔な式に最終的に集約されたこの関係は、エネルギーがhという係数を媒介として振動数νと等値されることを示しています。

波長あるいはその表裏概念である振動数は、波動に関する概念ですから、当然連続的な世界ですが、それがエネルギー（しかも、ここでの前提では不連続量とされているのです）と等値されるという「矛盾」は、結局量子論の矛盾として、長く残ることになります。

この段階でのプランクは、あくまでも黒体放射の枠の中で、ヴィーンの式を救うための便宜的な手段としてエネルギーの素量を考えていた節があります。それを、その限定された枠組みから切り離し、より普遍的な場面に導いたのが、あのアルベルト・アインシュタイン（Albert Einstein, 1879-1955）でした。相対性理論の第一報が発表されたのと同じ年、アインシュタインはいわゆる「光量子仮説」の論文も発表しています。つまり、光の波動論とは異なる光エネルギーの不連続性の容認、あるいは光一般について原子的な素量を導入すべきであるという考え方を、明らかにしたからです。そこには、光電効果として知られる現象も絡んできます。光電効果は金属面に光（可視光線も含め）を当てると、電流が誘起される現象ですが、これは光のエネルギーを受けた金属内の電子が叩き出されると考えられます。ただ面白いことに、金属によってこの効果が起こる振動数が異なります。つまり、当てられた光によって与えられる電子のエネルギーは、光の振動数に依存しているわけです。これは先ほどのプランクの式 $E = h\nu$ を裏書きしていることになります。また、当てられた光の強さに比例して、叩き出される電子の数は増えることも判っているため、光のエネルギーそのものも、光のエネルギー粒子の数の大小を前提にすれば説明がつきます。つまり光量子というアインシュタインの仮説は、裏書きを得たことになります。

もう一つのアプローチ

と書いたのですが、プランクの仮説も、アインシュタインの光量子仮説も、どちらも、先ほどの矛盾が強く意識されている当時は、半信半疑のままに推移していたというのが本当のところでしょう。

一方で、十九世紀初め、可視光線の連続体スペクトルのところどころに、鋭い条線が入って、連続体が分断されること、またその条線が物質に特有の振動数に関連していることが発見されていました。スイスのアマチュア物理学者ヨハン・ヤコブ・バルマーは、水素原子を使ったスペクトルに現れる三本の条線の系列に、ある経験的な規則があることを見付けました。それは、条線の振動数が、光の速度cを媒介とした簡単な分数式で表されるというものでした。この式はその後、より一般化された形に整理し直され、可視光線のスペクトルの外でも成り立つことが判りました。強調しておきますが、この式は、手に入るデータにできる限り忠実な規則性は何か、という問いに答えるもので、その意味で純粋に「帰納的」な性格のものだった、ということです。

ところが、この規則性を、全く別の理論の側から導き出すことができる、ということを明らかにした人物がいました。それが量子論最大のキーマン、ニールス・ボーア（Niels Bohr, 1885-1962）でした。ボーアは大学を終えて間もなくイギリスに渡り、アーネスト・ラザフォード（Ernest Rutherford, 1871-1937）を訪ねました。ラザフォードは、有名な原子の構造としての惑星モデルを提案していました。原子核を中心に、幾つかの殻上を電子が惑星のように回転している、というモデルです。ただこのモデルの難点は、回転する電子は、エネルギーを失い、中心の核に向かって落ち込む（回転しながらですから、らせん状を描くことになります）はずなのに、実際にはそうはならないのは何故か、ということに答えなければならなかったことです。もう一つ、ボーアのラザフォード訪問のタイミングが、ちょうど第一回のソルヴェー会議（一九一一）からラザフォードが帰英した直後だったことは、大切な要素でした。ソルヴェー会議というのは、アンモニア・ソーダ法の開発で巨利を得たベルギーの企業家エルネスト・ソルヴェー（Ernest Solvay,1838-1922）が、基金を作って始めた物理学の会議で、特に、ちょうど展開し始めた量子の概念をどのように考えるべきか、というトピックスが、第一回の会議の最大の話題でした。ラザフォードは、ここでの討議の内容を、若きボーアに伝えました。量子について手ほどきを得たボーアは、コペンハーゲンに戻って、ラザフォード・モデルの難点を考え始めました。そして一つの解を得た、と確信するに至りました。それは、こんなアイディアです。

それまでの電磁気学の基本（それはマクスウェルの方程式に基づいています）に立てば、電子の回転エネルギーは速続的に変化する。だから核からの距離（電子の回転軌道の半径）も連続的な値をとらなければならない（しかし、ラザフォード・モデルでは、軌道は、惑星の軌道のように固有の半径に定まっている）。そこで、電子の回転エネルギーは（量子概念が示唆するように）、連続ではなく、不連続な変化をすると仮定しよう。そうすれば軌道半径も不連続に定まる。それをプランク定数の整数倍と捉えてみよう。電子は、ある軌道から別の軌道へは、いわば飛び移るものとする。飛び上がるには、ある量のエネルギーを受け取る、飛び降りるには、やはりある量のエネルギーを（電磁波として）放出する。放出される電磁波の振動数 ν とプランク定数の積が、飛び降りる前の軌道におけるエネルギーと、飛び降りた後の軌道上のエネルギーの差になる。つまり $E=h\nu$ が、ここでそのまま利用できることになるのです。この関係を利用すると、先のバルマーの規則性（後にリュドベリの法則としてより洗練されるのですが）を、計算から導き出すことができることになりました。

これで、量子論のお膳立てはほぼ揃ったことになります。十九世紀末から二十世紀初めの約二十年間に、いろいろな角度から、エネルギーが「不連続な」量によって成り立っている、ということは、次第にはっきりしてきて、自然は連続である、という誰も疑わなかった常識は、少なくともこの点に関しては、どうやら成立しない、という新しい常識が定着し始めたということができます。

もっともボーアは、その間に、スペクトル線の振動数に関しては、バルマーの規則性を導出できるような、原子の内部構造における量子化の説明に成功していましたが、他方で、スペクトル線の「強度」に関しては、マクスウェル以来の連続的な法則のほうが、うまく現象に合うことを説明しようとして対応原理を提案することにもなります。すでに上のモデルでも、電子の軌道半径を極端に大きくとれば、エネルギーを不連続量と考える必要がないことを悟っていたボーアは、エネルギー状態が極めて高い（軌道半径が極めて大きい）ところでは、微細な遷移しか起こらず、連続的な変化と見なして差し支えない、ということをまとめて、量子的非連続の世界と、古典的連続の世界との間に、橋渡しができるということを集約したのが対応原理と呼ばれるものでした。

このように、量子論の最前線に立つ立役者になったボーアのいるコペンハーゲンには、理論物理学研究所が設立され、量子論に関心を持つ物理学者が世界中から集まるメッカの様相を呈するようになりました。

量子力学の成立

量子論が成熟するコペンハーゲンで、重要な役割を果たした人物の一人が、ヴェルナー・カール・ハイゼンベルク（Werner Karl Heisenberg, 1901-1976）です。ハイゼンベルクは、このころ、これまで登場した物理学者たちよりは一世代若い、学位取り立ての研究者でした。彼は、ドイツ語圏で物理学の基礎を学んだ後、ボーアのいるコペンハーゲンに留学する奨学金を得ました。

一九二四年、ハイゼンベルクは憧れのボーアの許に到着します。ときあたかも第一次世界大戦が終了直後のこともあって、当初ボーアは、ハイゼンベルクを遠足に連れだし、物理学の話題よりもまず、ドイツの状況について、いろいろと聞き出そうとしたように思われます。このときの対話のありさまは、ハイゼンベルクの自伝的回想録である『部分と全体』（山崎和夫訳、みすず書房、一九九九）の中に再現されています。

ところで、ハイゼンベルクが抱えていた問題は何だったのでしょうか。ボーアの原子構造に関する量子化によって解決されるのは、光の振動数に関わるものでした。それがバルマーの規則性を導き出すほどうまくいったのですが、他方では、光の強度に関しては、古典論の方が実情に合っているという難点があって、「対応原理」を持ち出さなければならなくなってもいました。ところで、それほど長いわけでもない量子論の伝統の中では、原子の振動数は、ほとんど常に、電子軌道と重ねて、いや、むしろ当初から電子軌道を基礎として捉える習慣ができていました。ボーアの対応原理の着想も、極端に大きな電子軌道においては、エネルギーは量子的というよりは、連続的に考えてよい、というところに基礎がありました。

しかし、とハイゼンベルクは考えます。軌道というのは、観測に関わる量とは言えないのではないか。物理的な意味で観測可能なのは、軌道ではなくて、振動数であり、強度ではないのか。だとすれば、光の振動数と強度との関係に着目することこそ、物理学的な方法に忠実なのではないか。

電子がある状態〈m〉から別の状態〈n〉に移る（遷移する）とき（つまり軌道という立場から言えば、一つの軌道から、次の軌道に移るとき、ということになるのですが）、そこで放出される光の強度は、観測にかかる量です。そこで、mとnに関わる$a(m, n)$という量を定めます。そして遷移のときに放出される光の強度を、この量で表現することを試みます。ここで光の強度は、アインシュタインの光量子仮説に基づいて、光子の「数」とします。するとその数は状態mと状態nとの間の遷移確率に比例する。この確率をすべてのエネルギー状態のペア（mとnの）について計算することができるはずである。これは、mとnの無限正方の二数によって定まることになる。

これがハイゼンベルクの着想でした。そしてこの手法を、強度のみでなく、振動数に関しても適用できる、というのが、彼の結論で、一九二五年に論文として公表されました。ところで、この手法は数学的な立場から見れば行列の算法に相当することを、明示的に受け取ったのは、数学に長じていた同僚のマックス・ボルン（Max Born, 1882-1970）とパスクアル・ヨルダン（Pascual Jordan, 1902-1980）でした。行列という数学の一分野は十九世紀に数学として確立されていたと言ってよいのですが、それが物理学の世界に導入できる手法の一つだ、ということは、ハイゼンベルク、ボルン、ヨルダンによって、ここに初めて認められたことになります。

ところで、行列の算法では、加法と乗法とはかなり違っています。行列Aと行列Bの和は、各要素の和を要素とする行列を造れば済みます。だから、$A+B$も、$B+A$も、結果として得られる行列は同じになります。しかし同じ行列Aと行列Bでも、その乗法の場合は、$A\times B$と$B\times A$とでは、積算された要素が同じにならないので、結果として得られる新しい行列は、異なることを認めなければなりません。こうした場合AとBとは積算において交換不可能（もしくは非可換）な二量と言われます。

ボルンとヨルダンは、ハイゼンベルクの論文の内容に手を加えて、洗練された行列論の手法で書き直し、同年および翌年に「三人衆による」論文として発表しますが、その論文のタイトルが「量子力学に向けて」〈Zur Quantenmechanik〉となっていました。ここに初めて「量子力学」という概念が登場したことになります（この語自体は一九二四年のボルン単独の論文名として使われています）。

この三人衆の論文には、極めて目に立つ一つの関係が明示されていました。それはボーアの対応原理を基にして導出された、$pq-qp=-(h/2\pi)i$ という関係式でした。ここでp、qは、それぞれ運動量を行列化したもの、座標を行列化したものに相当します。この式の右辺は、古典論で考えたときにはゼロになってしまうものです。なお、現在では右辺の定数〈$h/2\pi$〉を、プランク定数と呼び、$\hbar$（エイチ・バーと読んで下さい）と書くこともあります。

この成果に最初に目を付けたイギリスの天才ポール・ディラック（Paul Dirac, 1902-1984）は、「量子力学なんて簡単なものだ、要するに非可換な代数を使って古典力学を書けばよいのさ」という有名な警句を残したと言われます。

いずれにしても、座標と運動量とは古典力学の基本概念であり、ハイゼンベルクらが、こうした定式化を「量子力学」と呼んだのは、古典力学の書き換えという明白な意識があったからだと思われます。こうした意識は、量子概念の提唱者であったプランクや、アインシュタインには、なかったものでした。その意味で、ここに新しい力学体系としての「量子力学」が誕生した、と言えるのではないかと思います。

ド・ブローイの挑戦

ただ、通常「量子力学」の誕生、言い換えれば、量子論から量子力学への転換には、もう一つの物語が付随することになっています。それは、ハイゼンベルクらとは全く異なるアプローチを試みたフランスのルイ・ド・ブローイ（Louis de Broglie, 1892-1987）によって果たされました。

出発点は光の本性を巡る問題でした。よく知られていることと思いますが、アイザック・ニュートンはかつて光の本性を粒子と考えました。というのも、もし波動だとすれば、宇宙空間のような、波動を支える媒体のない真空（に近いところ）も、光が問題なく通過することが説明できないからでした。しかし、一方では、回折現象のように、波動と見なすほうが都合のよい場面もあって、最終的な結論は十九世紀まで持ち越されていました。しかし、すでに見たようにアインシュタインは光量子という概念を提案し、新たな光の粒子像が勃興し、他方で、電磁波という言葉通り、振動数や波長という、波動に関する概念で電磁波一般を整理することも、広く受け入れられ始めていました。その頃の冗句に、光は、月・水・金は粒子で、火・木・土は波動だ、というのがあったくらいです。

ド・ブローイ（兄のモーリスも、同じ物理学者として協力しましたが）は、粒子像と波動像とを結びつける方法はないかと考えました。ヒントになったのはアインシュタインの有名な公式$E=mc^2$でした。ところが量子論から得られる結論は$E=h\nu$です。それならば、同じエネルギーを介して、この二つの式は、等式として結ぶことができるのではないか、それがド・ブローイ兄弟の出発点になりました。言うまでもなく質量mは物質（質点として抽象化されてはいますが）に関する概念です。それがプランク定数を媒介して、振動数νという波動に関する概念と等値されていることになります。物質と波動とは、〈別の〉ものではなく、両者の統一像が得られるはずではないか。

この解釈には、例えば光粒子の内部振動を想定し、粒子の「随伴波」という仮定の下で、内部振動の位相と、仮定された随伴波の位相が一致すると考えることを通じて、物質粒子にも、同様の考えを適用するというアイディアが基礎となりました。例えば電子の内部振動と、その随伴波の位相が一致すると考えてみるわけです。こうなると、本来物質粒子であるはずの電子に関して、それを波動的に扱うための「振動数」を考慮する手続きが得られたことになり、そこから、やや複雑な過程は辿りますが、同じように「振幅」も考慮できるようになりました。$\lambda=h/mv$として知られるド・ブローイの公式は、それを表現したものです。この式が意味することは、振幅λという純粋に波動像のなかの概念が、運動量（質量と速度の積）という完全に物体に関する概念と置き換えられる（あるいはその逆）という、ある意味では画期的な論点でありました。ここには「物質波」という概念が示されているのです。すでに見たように、アインシュタインは、光の波動性を土台にしながら、エネルギーの不連続性という量子論の主張を利用することで、それを粒子像的なものに読み替えることを試みました。ド・ブローイは、逆に物質の粒子性を土台にしながら、量子論的な手法を利用することで、波動像的なものに読み替えることを試みたことになります。ただ、ハイゼンベルクは、この方向が全く逆の二つの対照的な試みとは少し違って、電子の運動を記述する際に、通常の力学が問題にする軌道という概念にたよることを諦め、量子論のお膳立て（対応原理も含めて）によって、それを果たそうとして、新しい運動力学の基礎に至ったと考えられます。

新たな力学体系

さて、ド・ブローイがこうした着想を発表したのは、ちょうどハイゼンベルクがコペンハーゲンにボーアの許を訪ね、行列的な手法を基礎に「量子力学」という概念に辿りついた時期とほぼ重なっています。実にこの一九二四年は、全く違った出発点から、ハイゼンベルクとド・ブローイとが、画期的なアイディアをひっさげて、量子論の世界に登場してきたのです。しかも、驚くべきことに、出発点の違うこの二つのアイディアが、結局は同じことを主張していたのだということが、徐々に判ってきたのですから、この物語は、まことに興味深いと言わなければなりません。

ただ、ド・ブローイ流の着想の仕上げにはもう一人の巨人が必要でした。それがエルヴィン・シュレーディンガー（Erwin Schrödinger, 1887-1961）です。シュレーディンガーは、気体分子運動論という独特のジャンルを切り開いた天才ルートヴィッヒ・ボルツマン（Ludwig

Boltzmann, 1844-1906）の伝統の残る（ボルツマンは二十世紀初頭に不幸な死に方をしましたが）ウィーン大学で学んだ物理学者です。その頃アインシュタインは、サティエンドラ・ナット・ボーズ（Satyendra Nath Bose, 1894-1974）というインドの研究者のアイディアに基づいて、理想気体のエネルギー問題を追求し、ド・ブローイの物質波との関連を示唆する結果を得ていました。シュレーディンガーは、このアインシュタインの試論に触発されて、気体の分子をド・ブローイの物質波で直接表現することを思いつきます。この成果は、一九二五年に発表されますが、シュレーディンガーは、さらにこの着想を一般化しようと試みます。この試みは、ボーアらの量子論（そして、その延長にあると思われるハイゼンベルクの新しい「量子力学」）が前提として強く要請してきた「非連続性」（数学的に言えば、「行列」のように整数的な手法によって初めて表現できる特性）を出発点としない、しかも、これまでの量子論が主張する非連続的な整数性を導出できるような数学的な表現を探し当てたのです。それが一九二六年に発表された「固有値問題としての量子化」という表題の画期的な論文になりました。彼は、この論文の中で、自らの数学的表現を使って、水素原子を実例として、ボーアの量子的な原子モデルをそのまま導出して見せたのです。この数学的表現こそが、現在「シュレーディンガー方程式」（時間を含まない）と呼ばれているものに他なりません。

シュレーディンガーは、その後の展開の中で、自らの力学を「波動力学」と呼ぶようになります。ここでは二乗して初めて観測にかかる量となるような、数学的な項が重要な役割を果たすことになるという点で、従来の力学公式とはかなり異なった性格を持ちますが、それでも、ニュートンの運動法則が、「連続的な」微分方程式の形で書かれる、という伝統の延長上にある定式化なので、多くの物理学者たちは、この公式が発表されると、ボーア＝ハイゼンベルク流の表現よりも、シュレーディンガー方程式を好むようになりました、今でも、物理学者は、ほとんど、こちらの表現を使って計算をし、あるいは、アイディアの表現をする習慣があります。

しかし、逆に見れば、二つの異なった着想から生まれ、異なった数学的表現を用いた二つの「量子力学」の実体が、実は、結果としては同じものであることが明らかになった、という点で、この一九二五年から二六年にかけての物理学における歴史的な展開は、文字通り、「歴史的」な意味を持つことになりました。この時期をもって、少なくともミクロな世界（英語ではむしろ〈subatomic level〉という言葉を使うことが多いかもしれませんが）において成立している力学は、古典的なニュートン力学ではなく、「量子力学」であることは、確実なものになりました。

もっとも、そうなってみると、一連の厄介な問題が新たに姿を現します。マクロな世界、つまりニュートン力学が成り立つ世界と、ミクロな世界との間の橋渡しは、一体どうなるのか。私たちの観測にかかる世界は、常にマクロな世界であるのに、その切れ目が明らかにならない以上、力学的な実験の意味を、どのように考えるべきか。こうした難問が次々に現れたのです。

しかし、それはまた別の物語になるでしょう。

第Ⅱ部　三・一一以後の〈安全〉とは

技術の継承と将来への展望

はじめに

大震災後の日本を考えるうえで、誰もが念頭に思い浮かべるのは、関東大震災の記憶だろう。後期高齢者目前の筆者でも、もちろん直接の記憶はない。しかし、十四万人を越える犠牲者（と小学校時代には習ったが、最近の統計では、この数字は多重カウントもあって、十万人を下回るものと言われているようだ）の数は、今回よりも多いが、今回は原子力災害という特異な問題が加わっている。さらに、圧倒的に大きいのは報道メディアの差である。関東大震災の当時は、まだラジオ放送も始まっていなかった。あったのは、新聞だけである。しかも、地震の揺れで社屋も倒壊し、保管してあった活字棚もすべて倒れ、活字が一面に散乱する状態だったという。これでは当時の新聞は手も足も出ない。実際、新聞が細々ではあっても機能を取り戻し始めたのは、震災後四、五日経ってからであった。

今回は津波に襲われる街や村のありさまを映す映像が、テレヴィジョンでリアルタイムに流され、さらにはインターネットでも、その質はともかく、大量の情報が時々刻々、少なくとも被災されている方々以外の全国の人に行き渡った。被災地以外の人々の素早い救援行動の推進や、悪質な流言飛語（インターネット上の情報には、決して少なくなかったにしても）をもとにした大衆行動の抑制には、大きな力を発揮したと言ってよい。

大きな災厄に襲われた後、社会が変化するのは当然である。それは、社会の構成要素の、いわば「可視的」な変化に由来するものもあるし、また、社会の構成員の意識の上に起こる目に見えない変化に由来するものもある。

たとえば、十四世紀ヨーロッパ（のみならず、地球上ほとんどの地域）を襲ったパンデミックなペストでは、ヨーロッパの人口の三分の一が数年の間に失われた。この事態は、可視的な性格のものだが、それによって荘園を維持する労働力としての農奴の数が激減し、荘園制度崩壊の一因となった。小さなことでは（ある意味では決して「小さく」はないのだが）、大学でラテン語に長じた世代が失われたために、知識層でのラテン語への絶対的依存が崩壊するきっかけとなった、という話もある。民衆の意識の変化という面では、一方で、あまりにも身近になった死を想い（メメント・モリ）、極めて厳しい禁欲的な宗教活動へと傾倒していく層と、刹那主義的な快楽におぼれていく層への二極分化が起こった。もっとも、このような変化は、比較的短期的な現象であったとも言えよう。

近来では、〈September Eleven〉前と、以後ではアメリカ社会の変化は、特に見えないところで、大きい。もともと多民族社会であり、少なくとも建前上は異民族に寛容であったはずのアメリカ社会が、イスラム系の人々に対して、陰に陽に差別感を露わにするようになり、こうした社会の変化は、政治の場面にも微妙に影響している。

「三・一一」以前と以後の日本社会に、どのような変化が生じるのか、私には占う力はないが、本章では、多少とも筆者が関わった原子力発電所の事故に関して、とにかくいささかの義務を果たすことにしよう。

原子力発電所の事故

(1)地震の揺れ

現在は、特に将来への展望を語るに適した状況にあるとは言えないだろう。これを執筆している平成二十三年六月初めでも、被害の全貌には、未分明のところが多く、特に原子力発電所の事故に関しては、五月末、視察に訪れた国際原子力機関（ＩＡＥＡ）の調査団には、すべての情報が開示された、と言われているものの、私たちは、報道メディアを通じて、小出しに、しかも抑制的にしか知らされていないので、現状分析さえ、必ずしも十分ではない。そこで、とりあえずは、現状の把握から始めてみたいと思う。

原子力発電は大量の水を必要とする性格から、水辺に立地を求める。アメリカでは、緩やかな大河流域を利用する事例も多いが、日本の場合は、地勢の関係から、例外なく海辺である。そのうちで、太平洋に面しているのは、青森県下北半島の東通（東北電力、東京電力）、宮城県の女川（東北電力）、問題の福島県大熊町と双葉町の福島第一（東京電力）および富岡町の第二（東京電力）、茨城県東海村の東海第二（日本原子力発電）、静岡県御前崎市の浜岡（中部電力）、愛媛県伊方町の伊方（四国電力）、鹿児島県薩摩川内市の川内（九州電力）であり、ほかにも現在建設中で数年中には稼働予定のものも数基ある。他の発電所は、日本海側に設置されている。

なぜ、その点を強調したか、ということは、後ほど見ることにするが、他方、阪神・淡路大震災に際して、活断層と震災の関係が浮かび上がった。それ以後、それぞれのサイトの地勢的特徴が活断層との間にどのような関連があるか、をあらためて調査検討する、という方向が打ち出された。また、安全のための防護装置の規格を定める際に想定されている揺れのエネルギーの上限が、正当なものかどうかも、再検討が必要であることも示された。その後、中越沖大地震で、東京電力の柏崎刈羽原子力発電所が、かなりの損傷を受けたときにも、同様の反省と再検討が求められた。

中越沖大地震においては、炉はすべて緊急停止（「スクラム」と呼ばれる）したが、サイトのなかの変圧器から漏れた油に引火して、黒煙があがった。この地震に際しては、通常の民家にはほとんど火災が発生しなかったので、この火災は報道機関の目を引き、自家によって十分な消火活動が行えなかったという不備もあって、テレヴィジョン等では、この火災の映像が繰り返し放映されることになった。スクラムの後、原子炉における事後対応も順調に進んだので、放射線に関する問題は起きなかったとされたが、その後燃料を保護する水が、微量だが揺れによって溢れ、それが、外部に漏れたという問題が明らかになった。これもひとつの警告であった。

そういう意味では、地震の揺れに対する認識は、こうした経験を重ねることで、少しずつではあるが、確固として前進し、対策も積み増しされてきたと言えるだろう。実際、「三・一一」の地震に際しても、上掲のなかで関連するサイトの原子炉は、ほとんどすべてスクラムには成功していると考えられる。「ほとんど」と書いたのは、福島第一原子力発電所の炉の状態に関して、完全な検証が済んでいないためで、一説によると二号機は、揺れによってすでに重要な損傷が起こっていた、と報じられているからである。業種は違うが、中越沖大地震では脱線した新幹線に関して、今回の地震では問題が生じなかったのも、揺れへの警戒心と、それへの対応が、少しずつではあるが、日本社会のなかで成果を上げつつある証左でもあろう。

なお、付け加えれば、地震予知とは別に、現在行われている緊急地震速報は確かに効果がある。筆者自身の体験では、自動車を運転中にラジオで速報を聴き、直ちにブレーキをかけて路肩に車を寄せた瞬間に、大きな揺れが始まったのである。新幹線の対策にも活かされているはずである。

(2)チェック機関

さて、こうした原子力発電所の事業に関して、国家はどのような施策をとってきたのだろうか。行政面で最初に生まれた機関が原子力委員会であった。この委員会は、国家が法律を制定して、原子力の平和利用を国策として実行するにあたって、その運用の統括を任務とするものであった。当然その前提には、原子力利用を推進する、という施策上の原則がある。その後、安全という観点から、実際に事業を行う電力会社に対するチェック機能を、原子力委員会から独立させた原子力安全委員会に委ねた。さらに、安全面に対するダブルチェックの必要性が論じられ、通商産業省（現経済産業省）の資源エネルギー庁に、原子力安全・保安院という機関が開設された。

ここから先は、書くのが辛い話になるが、筆者は平成十四年から二十二年まで八年間、その原子力安全・保安院の保安部会の部会長を務めたのである。なお、現在、この機関の行政、とくに経済産業省からの独立が必要であるという議論が強くなっており、今回の災害を機に来日した国際原子力機関（ＩＡＥＡ）の調査団の報告にも、そのことが明記されている。筆者自身も、就任当初から、それが必要であることを折りに触れて説いていた。アメリカの事故調査委員会（航空機事故やパイプライン事故等公共の安全を著しく損なう恐れのある事故を調査する委員会）が、当初は運輸行政の主務機関に帰属していたが、後に制度上完全に独立した機関になったこと、等が、その根拠にあった。自分の任期中に実現しなかったことは、悔いとなって残っている。

もとより、筆者は原子力工学に関しては、全くの素人である。ただ平成十年に『安全学』（青土社）という書物を上梓し、その後、さまざまな分野で個別に行われてきた、あるいは行われないままになってきた、安全に関する多様な問題点を考えたり、対策を提案したり、特にそうした配慮が遅れていた医療に関しては、何ほどかは実施面でも働いてきたことから、そのような職に就くことを要請されたのだと思われる。というのも、原子力安全・保安院というのは、名称からは想像できない（実際筆者も詳しい説明を聞くまでは、全く想像もしていなかった）が、資源エネルギーに関するすべての「保安」を考えることを使命としており、したがって、鉱山の保安、あるいは都市ガスやＬＰガス等、多様な対象を持つ性格のものであった。しかし、主たる課題が原子力にあったことは当然であろう。

保安部会の構成メンバーは、原子力発電所のサイトを抱える自治体の首長、消費者団体の代表、関連団体の代表、弁護士、大学関係者（もとより、筆者も含めて、法律学等、原子力工学とは無縁の研究者も含まれていた）等、多様な属性を持つ人々で、それに随時、事業所（電力会社の代表）がオブザーヴァーとして参加されていた。部会での議論の内容は、保安検査のあり方、基準の検討と改訂、事故・不具合の報告と対策等が、議題として上がり、それぞれの立場からの意見表明があって、それを取りまとめて、適宜、保安院を通じて実行し、またその後のフォローを確かめる、ということに終始していた。余計なことかもしれないが、その間の議事録はすべて、原子力安全・保安院のホームページに公開されている。

⑶揺れへの警戒

すでに述べたように、議論が最も集中したのは、次々に起こる大地震で、原子炉の安全対策上想定されている地震の揺れを上回るデータが記録される点であった。もちろん、上限値を上回ったら、必ず事故につながるわけではない。幾分かの余裕はあるとされているし、実際、想定値を上回る揺れに対しても、炉は常に耐えてきた。しかし、もともと上限値の設定にも、当然余裕が組み込まれているのだから、その上限値が、必ずしも上限でないとなると、設計理念から言っても、実際の運営から言っても、問題にならざるを得ないのである。今回の東日本大震災では、「想定外」という言葉がしきりに使われた。確かに想定外であったには違いないのだろうが、技術の世界で「想定外」は言い訳にはならない。想定できなかったことを恥じて、今後の対策に資する教訓とする以外にはないのである。

⑷津波には

話を戻すと、こうして、保安部会での議論の中心のひとつは、揺れのエネルギーの想定をどのようにするか、そして、その対策としてどのような手を打つか、というところにあった。そして、その議論は、ある程度は、成果があったと思っている。しかし、筆者は、痛恨の想いをここに記さなければならない。いや、揺れの想定値を話題の中心にしたことが、痛恨なのではない。その議論のなかで、津波の問題を論じる場面が一度もなかったことが、痛恨なのである。繰り返される大地震の経験のなかに、たまたま津波が含まれていなかったこと、揺れの問題が急務になったことが直接の原因であったには間違いないが、そして、すでに述べた日本の原子力発電所の立地条件が抱える宿命から言って、当然当事者の間には、それなりの津波対策が進んでいるはずという、実は根拠のなかった思いとが重なって、津波の問題を中心とした十分な議論の機会を持てなかったこと、緊急冷却装置のすべてが津波で崩壊する、という可能性を想定できなかったことには、責任の一端を担ったものとして、深く恥じるとともに、申し訳ない思いで一杯である。

もちろん、報道にもあるように、今回の被災地のひとつである宮古市田老地区では、近来でも、明治と昭和の三陸沖大地震で重ねて津波の被害を被っており、昭和九年から津波用の大防潮堤の建設に乗り出した。地元の人は「万里の長城」と呼び習わしていたというが、でき上がった一〇メートル高の防潮堤は、昭和三十五年のチリ大地震の際に、日本の太平洋岸を襲った津波では、近隣の地域にはかなりの犠牲者が出たにもかかわらず、この地域は防潮堤に守られて、ひとりの死者も生まれなかった。その自慢の防潮堤が、今回は役に立たなかった。ばかりではなく、むしろ今回も防潮堤があるから安心だと、避難しなかった市民が多数犠牲になったという。

一部の人々からは「蟷螂《とうろう》の斧」のように皮肉な目で見られたこともあるという、この防潮堤でも、役に立たなかったということは、ここでも、「想定」をどこに置くべきか、という議論を生み出すデータになることは確かだが、揺れの想定値に対するのと同じほどの真剣さで、津波の想定値を議論したことがなかった、ということは、返す返すも悔やまれる。その議論があったら、今回の事故は防げたか、それはまた別問題であるにせよ、である。

いずれにしても、技術は、さまざまな事態に出逢って、それを取り入れながら進歩する。人間である以上、起こり得るすべての事態をあらかじめ推測することは不可能である。起こったことを十分に検証して、次の〈safer〉への足がかりとするほか、犠牲者に報いる方法はない。

(5)技術の継承

もうひとつ気にかかっていることがある。福島第一原子力発電所では、一号機から順に新しくなっている。一号機は七〇年代始めに稼働している。基本設計はGE社であった。設置に関しては、日本の技術者が関わっているが、そうした人々は、概ね退職している。ここから先は、推測でしか書くことができないが、第一代の技術者は、設計の全体像から、個々の装置の位置づけまで、一応イメージをつかんでいる。そうでなければ、建設作業そのものが成り立たないからだ。しかし、彼らがすべて退職した後、次代、次々代の技術者には、そのイメージは継承されない、あるいは少なくともされ難い。これは何も原子力技術に限ったことではないが、技術の継承は結局、マニュアルに頼らざるを得なくなる。

しかも技術を継承する世代には、事態は日常化しており、日常は大体において、マニュアル通りで、平穏に打ち過ぎていくものである。しかし、マニュアルにない事態が起きたとき、全体のイメージを概略でもつかんでいるかいないか、は結果に大きく影響してくる。以前あるサイトで、小規模ではあるが水素爆発が起こったことがある。今回の事故でも明確なように、水素の発生は原子力発電にとって、宿命的なことがらで、それをどのように逃がすか、設計上の工夫のひとつがそこにある。第一世代の人々の施した工夫を、次の世代の技術者が、全体のなかでの位置づけを無視したまま、当該部分の効率にこだわって無造作に「改善」したことが、その小爆発の原因であったことが、後に判明した。

このような例から学ぶべきことは、技術特に原子力技術のように歴史も浅く、孤立化しやすい分野では、技術の継承は、よほどの注意と配慮が必要である、という点である。今回の事態に、このような要因が主だった働きをしていた、という証拠は、今のところないが（それゆえ、先に「推測」と書いた）、心すべきことであると考えている。

(6)技術の孤立化

上に原子力技術が「孤立化しやすい」分野であると書いた。電力会社のなかでも、水力や火力に比べて歴史も浅く、また基礎技術が全く違うゆえに、企業内部でも「村」と言われるほど、よく言えば「自立的」であり、ざっかけなく言えば、社内での風通しも悪い。他者の介入を許さず、何でも自分たちだけ（しかやれないのだから）でやろうとする。これは、東京電力という一企業内で、その傾向があるばかりではなく、技術の世界全体にも広がっており、さらには、今回の場合では、最初期に国際的な援助の申し出であった際にも、そうした傾向があったのでは、と言われている。

この点は平成十四年の、データの改竄《かいざん》に関わる、いわゆる「東電不祥事」事件の際にも、強く指摘されたことで、社内の風通しを良くすること、閉鎖的な状況を改善することが、さまざまな方面から求められたにもかかわらず、今回にもその傾向が露呈されているとすれば、批判は免れないことになる。

今回のように、少なくとも日本では誰も経験がない事態が起きているとき、あらゆる可能性に心を開いて援助を乞うことは、恥でも何でもないはずである。

(7)技術のタブー

もうひとつ、今回の事故で明らかになった厄介ごとがある。戦後、日本の技術の世界は、一部の産業と結びついた特異な領域は別として、軍事に関わらないことをモットーにしてきた。軍事へのタブーが働いてきたのである。

しかし、福島第一原子力発電所の炉の建屋が次々に水素爆発を起こして、その内部の事情が全く分からない、という事態に際して、当初、映像の撮影も含めて情報収集に大きな力となったのは、米軍から借りた無人機であり、またキャタピラ付きのロボットであった。どちらも、第一次中東戦争以後、「電子戦争」の主役となってきた、ある意味では悪名高い兵器である。そんなことを言えば、原子力の利用そのものが、本来は軍事的な性格のものであったのだが、このような非常時に、米軍や自衛隊という軍隊の援助が貴重であったのと同様、技術の面でも、軍事用に開発されたものが、威力を発揮したのである。

この事実をどう受け止めるか。これは現状の確認というよりは、将来の展望に近づく話だが、ロボット開発大国と言われる日本で、なぜ、対応できるようなものが、「民生」用として実用化されていないのか、という点も含めて、今後いやでも考えざるを得ないことなのではなかろうか。

このような事態を招いた以上、今後の日本の国家エネルギー戦略に大きな変更が必要なことは明らかだろう。実際、少なくとも原子力発電所の増設計画は、全体として振り出しに戻らざるを得ない。たとえ一部の政治家が、実行しようとしても、地元の意見がそれを許さないだろう。結局は、反対派が力説するように、今すべての原子力発電所の炉を止めるか、さもなければ、危険に対する対策を最大限に講じながら、温室効果ガス対策にも有効な代替方法が開発されるまで、現在の発電所を飼い慣らしていくか、選択肢は二つしかないように思われる。

全廃の選択肢を支持するデータとしては、先にも触れた平成十四年の不祥事の際に、東京電力管内のすべての原子力発電所は、発電を止めたが、結局、大停電も起こさずに夏を乗り切った、という経験が挙げられることが多い。それはその通りなのだが、あのとき、東京電力は、稼働を止めていた火力発電所をフル稼働させたのであった。それは現在も同様の事態になっている。

ところで、現在は火力と言っても、燃料は、昔のように石炭ではなく、重油やＬＮＧガスである。平成十四年の夏、東京湾は、そうした燃料を満載した大型タンカーで満杯になり、沖出しで停泊する船も多数に上った。そうしたタンカーを捌くタグボートの水先案内人たちが、あまりの労働過重でストライキを構えるほどの有様であった。もし筆者がテロリストであったら、こうしたタンカーのひとつに小さな爆弾を投げ込めば、効果は絶大であろう。首都圏は火の海になる。テロリスト攻撃でなくとも、ひしめき合うタンカー同士で接触事故が起きた場合でも、同じことが起こる可能性がある。つまり、火力発電には、またそれなりの大規模事故が起こる可能性を考えなければならないのである。今回の地震でも、燃料タンクが燃え続けた事例が発生している。

そういう点から考えると、エネルギー源はできるだけ「冗長性」を持たせるべきであって、筆者は、批判はあろうが、現時点で全廃という選択肢はとりたくない、という立場である。

もうひとつの論点は、電力依存の現在の生活パターンを変えればよい、というところに集約される。それはその通りで、便器の蓋まで電気を使って自動的に扱うような必然性は、およそないかもしれない。石原慎太郎東京都知事（当時）が「天罰だ」という表現をして、世の顰蹙《ひんしゅく》を買ったが、文学者の言葉遣いとしてはいかにも無神経であったけれども、言いたかったことは、現在の日本の生活パターンへの天からの警鐘である、ということではなかったろうか。

しかし、この点でも、問題は簡単ではない。電力依存の観点から、目に余る現象は多々あるにしても、超高齢社会において、高齢者が失ったり、弱化した機能を補うのに、電力は必須であり、同じことは、障害者の社会活動についても言える。そうした面を無視して、「自然に帰れ」というスローガンで乗り切ることは、現在では困難であることも指摘せざるを得ない。

もうひとつ、将来を考えるときに、配慮しなければならない点がある。平成十五年ころ、ある審議会的な会合で、日本を代表するような工学者の方が、つぎのような発言をされたことがある。これからは、もう大規模な工事技術というのは無駄になるので、人材育成も含めて、国家は支援を止めるべきである、として、その代表的な例に、原子力技術と本四架橋技術とを挙げられたのである。筆者はほとんど耳を疑った。その方は、原子力発電に反対しておられるわけではなかったようだが、たとえ、その時点で原子力発電を全廃するとしても、その後始末には、何十年もかかることは、今でも変わりない。その間に技術的イノヴェーションも必要なら、新しい技術開発も必要であることは明白で、有能な人材がこの分野に投下されなければ、とんでもないことになる。とくに、アメリカ等の場合は、原子力空母や潜水艦等、軍事用に原子力技術が使われているので、否応なく、その分野の人材を養成する機会が常在するが、わが国の場合には、無論、それも期待できないのである。

その意味で、今後原子力技術の維持・発展に、国家や社会が、消極的になることは、自殺行為に等しいことは、銘記されるべきである。

最後に触れておきたいのは、現在のような臨界状態での連鎖反応を利用したものとは全く異なる原理に基づいた原子力発電の可能性がないわけではない。加速器を使ったこの方法は、核分裂の制御に、現在の方法ほど厄介な問題は起こらないと言われている。もちろん今すぐ実現する可能性は薄いが、現在の原子炉が軟着陸を終える頃には、実現もあり得るかもしれない。そうした展望も含めた議論が、今後活発になることを期待している。

安全と安心

はじめに

もう一昔前になってしまうが、筆者は「安全学」というタイトルの書物を一九九八年の暮れに上梓した（『安全学』青土社）。筆者の耳には余り届かないように編集の方で配慮してくれたのだと思うが、編集と営業の間で一悶着あったらしい。そもそも「安全学」などという学問があるのか、実体のない言葉を本のタイトルにするのは疑問、こうしたクレームが営業から起こったという。ある意味では、まことにもっともで、今でも、「安全学」が確立しているとは言い難いと筆者でさえ思う。

しかし、回転の速い昨今の書店の新刊書の棚から、まだ拙著が消えないほどの、翌年早々に、

Y市立大学医学部付属病院で、心臓と肺の要手術患者を取り違えて手術にかかってしまう、という珍しい医療事故が発生した。『安全学』の執筆に踏み切った理由の一つが、医療の世界での安全管理が、他の領域に比べて貧弱であるという判断であったこともあって、著書の中では、医療に力を注いでいたので、それなりに社会からも注目されることになった。

だから、とは言うつもりはないが、社会にも大きな変化が起こった。科学技術基本法が国会で成立したのが一九九五年、そしてこの法律に基づいて中央政府が、科学技術基本計画を策定・実施し始めたのが翌一九九六年のことである。この計画は一期が五ヵ年であるから、二〇〇一年に第二期のそれが発表された。そこには三本の柱が掲げられており、そのうちの一つに、「安全で、安心して暮らせる国」を科学・技術の振興によって実現することが謳われていたのである。つまり、この時には「安全」は「安心」とともに国家目標の一つとしての重要性を与えられたことになる。第三期にも、表現は少し変わったが、ほぼ同じ論点が踏襲されたのである。

こう書いたのは、何も先見の明を誇りたいからではない。安全や安心という問題が、確かに現代社会の中で重要な課題として、あるいは追求すべき価値として認知されたことを確認したいからであり、そのことは逆に、現在この価値が色々な場面、色々な形で危うくなっていることを伝えているという点を、共有しておきたいからでもある。ところで、安全と安心とはほとんど同義のように、あるいは一つのことを言い直したものであるかのように扱われているが、実は全く違った概念であり、そもそもカテゴリーが異なる。その点を考えることから、小論を始めよう。

例えば、この二つの概念を外国語に、さしあたって英語に直してみよう。「安全」には、誰でも〈safety〉という語を思い浮かべるだろう。では「安心」の方はどうだろう。英語に長じている人でも、直ぐには思いつかない場合が多い。少し考えて〈ease〉にたどり着く。おそろしく口語的なら〈ma-and-pa〉などという表現もないではないが。ところで、しっかりした和英辞書なら、いくつか、そうした語を挙げた後に、つまり五番目くらいのところで、あるいは「古語」、「死語」という名目の下で〈security〉を挙げているはずだ。しかし、この語に今馴染んでいる読者は、ちょっと異様に感じられないだろうか。「日米安全保障条約」の簡略な英語表現は〈Japan-US Security Treaty〉である。緒方貞子氏やアマルティア・セン氏らが提唱している〈human security〉は「人間の安全保障」と訳されるのが通例である。他方「証券会社」の英訳として最も一般的なのは〈securities company〉であろう。こうした文脈で使われている〈security〉は、個人や組織、国家や資産が不当な扱いの中で損害を被らないように保障されているという意味である。

確かに損害が「保障」されていれば、「安心」ではある。しかし、今の〈security〉から、「安心」を連想するのはかなり難しい。しかし、この語の成り立ちを調べてみると〈sed〉と〈cura〉というラテン語系の言葉の合成語であることが判る。前者は「〜なしで」という意味であり、後者は「思い煩うこと」である。つまりは、まさしく「安心」なのである。しかも、辞書で〈security〉を引くと、ここでも「古語」や「死語」として「油断」さえ掲げられていることがある。つまり「安心」が行き過ぎると「油断」になるのである。英語が達者な方でも、「油断」を英語に直せ、と言われると暫くは考えて、辛うじて〈incaution〉あたりを思いつくのではなかろうか。

大分回り道をしたようだが、いずれにせよ、「安心」と「安全」とはかなり趣の異なる概念であることは、こうした意味論的な考察からもはっきりしている。この区別を確認するには、対語を考えるのも一法である。「安心」には「不安」が、「安全」には「リスク」（もしくは「危険」）が対応するだろう。つまり前者は心理的なカテゴリーであり、後者は明らかにそうではない。

安全とリスク

ではリスクと対語になるような安全とは何か。いや、むしろリスクとは何かを問うた方がことは早いかもしれない。「安心」にぴったりの英語が現在では探しにくいのと同じように、リスクという英語に完全に重なる日本語を探し当てることも難しい。だからこそ、私たちは、翻訳を諦めてカタカナ語をそのまま使うのでもある。例えば「危険」が最も近い日本語であろうが、しかし、リスクと危険とは微妙に違う。

リスクの語源は、諸説あるようだが、「両脇から断崖の迫った海峡」に関わるラテン語という説が、最も信憑性があるらしい。そうした「危険なところを、うまく操船して、向こう側に抜ける」ことをいう動詞〈risicare〉に直接の語源を求めるのが通説のようだ。つまり、確かに「危険」には違いないが、そこには、「危険を敢えて犯す」という人間の行為が含まれており、さらに、そこには、「人間が避けようとすれば避けられる可能性」が示唆されている。したがって、リスクとは、第一に、人間が目的をもった行動をするに当たって生じる危険であり、第二に、その危険は、絶対的なものではなく、それゆえ第三に、その危険は、ある程度は人間の側で制御できる性格のものである、と定義できる。

このような定義を与えれば、リスクが常に確率と繋げて論じられることが理解できよう。例えば、筆者は現在八十歳であるが、「私が今後五十年間に死ぬ」、という事象は、リスクではない。それは確実に起こることだからであり、人間の手では絶対に避けることのできないことであるからだ。他方「私があと十年の間にガンで死ぬ」ことは、リスクの一つである。ここで確率を使ってしまえば、生起確率1の事象は、リスクとは言えないということになろう。さらに、「今後富士山が噴火する」ことの生起確率は1ではないが、そのこと自体はリスクとは言えない。何故なら、われわれは、富士山が噴火することそれ自体を、制御する手立てを今のところ持たないからである。つまり「天災」そのものは、リスクではない。「天災」に相当する英語は〈act of God〉だという。言い得て妙だが、日本語に戻せば「不可抗力」になる。もとより、天災が起こったときに生じる被害や損害を制御することは、ある程度は人間に可能である。したがって、天災にもリスクを論じる余地はあることになる。

さて、リスクが、人間の手である程度は制御可能だとすると、そこに科学・技術が介入する可能性が生まれる。実際、ヨーロッパでリスクという概念が本格的に議論されるようになったのは近代的な科学・技術が社会のなかで少しずつ力を持ち始めた十八世紀以降のことである。そこでは、科学・技術的な対応が、新しい「危険」を生み出すという点も確かに無視できない。その点については、後に論じる機会があるだろう。しかし、原理的にも、科学・技術の進展がリスクを増大させることも無視できないのである。というのも、科学・技術の力が増せば、これまでは「天災」つまり不可抗力として、制御を諦めてきた「危険」が、場合によると制御可能になるかもしれないということになるからである。

リスク管理

当然のことながら、リスクの制御（通常はそれをリスク管理〈risk management〉と呼ぶ）が関わるのは、何らかの負の価値を持つ事象が起こる確率を減らすことと、起こってしまった場合に生じる損害の規模を小さくすることである。この制御すべき二つの「負の」事象の積という形で、リスクの大きさを表現するのが通例である。ただ、リスク管理のなすべき範囲は、もう少し広い。第一に、リスクの認知ということがある。そもそも何をリスクとするかという点は、かなり主観的にならざるを得ないところがある。ここには、筆者が戯れに「逆比例の法則」と呼んでいるものが働く。距離、時間、心理的距離に逆比例してリスクの認知は変化すると言ってよいのではないか。

自分の家の隣に廃棄物処理場ができるとすれば、そのリスクはとても大きく感じられるだろう。しかし、それが隣町の出来事なら、リスク感はかなり小さくなるだろう。まして地球の裏側の話なら、もはや全くリスクとは思われないに違いない。英語（というか米語）にも〈nimby〉という語ができているほどだ。これは〈not in my backyard〉の頭文字をとった語で、直訳すれば「我が家の裏庭でなければよい」という意味である。あるいは環境問題で「世代間倫理」という概念が語られる。現在問題になっている環境問題の大半は、今という時点で被害を受けている人はない。被害者があるとすれば、何十年もあとの、私たちが会うこともないはずの世代の人々の間であろう。そういう時間的に離れた人々の福祉を考える前に、今実際に苦しんでいる人々を先に考えるべきではないか。こうした考え方は、環境問題を論じるに当たってしばしば提起されるものである。つまり時間的な距離が近い方が、リスクの切迫感があるということも、ある場合には確かなことだろう。心理的距離に関しては、面白い個人的体験がある。非常な碩学と言われている尊敬すべき大学者が、私にこう言われたのである。「最近私は家族のためを思って家ではタバコを吸わないのですよ」。その大学者の指先に、紫煙たなびくタバコがあった。無論赤の他人より家族の健康の方が大事なのは当たり前だが、こうもあからさまだとちょっとびっくりする。しかしそれが人間というものだろう。心理的距離が小さければ小さいほど、それに逆比例して、リスクへの感覚は大きくなるとも言えるのではないか。

もちろんこの法則は定量性を欠いている。単に、リスクの認知が主観に左右される可能性を指摘したにとどまる。しかし、ある出来事をリスクと捉えるか、捉えないか、またその規模の大きさはどうかという点に、恒常的・絶対的な基準があるわけではないことははっきりさせられたと信じる。そうだとすると、しかし、それに対する対策の立て方にも、明確な基準がないことになろう。リスクの生起確率を減らす努力にしても、あるいは、起こった時の損害を小さくする努力にしても、当然何らかの費用（コスト）がかかる。そこに持ち出されるCB分析（費用対効果の分析）には、当然ながら、リスクの認知度も要素として加わるからである。

リスク認知に関して問題になるのは、ヒューマンエラーのリスクの場合だろう。現代社会においては、社会のどの部分を切り出しても、それ自体が人間・機械系である。機械に関しては、設計段階から、システムに起こり得るリスクを想定し、かつ安全対策も講じている。無論人間のすることだから完璧ということはあり得ないが、それでもこれから述べるようなリスク管理の相当部分は常に実行されている。むしろリスク管理という概念そのものが、そうした機械システムの設計の中から生まれてきたものと言える。

しかし機械系は、社会の中に完全に自立して存在しているわけではない。当然のことながらすべての機械系には人間が介入している。つまり人間・機械系（マン・マシン・システム）である。そして人間は、常にエラーを犯す可能性を持ち、しかも、その可能性は、しばしば、常識の中で想定される場合を超えて起こる。そこでのリスク認知は、その生起確率の推定とともに、困難になることを付け加えなければなるまい。

さて、リスク認知は、リスクをリスクとして捉えることに始まるが、同時に、既に暗示したように、そのアセスメントもある程度含んでいる。つまり、リスクを認知する際には、重い認知が働くときには、想定される生起確率も、引き起こされる被害規模も大きく推定されるはずだし、認知されないときは、生起確率も低く、被害規模も微々たるものだという判断が暗々裏に存在することが多いからである。しかし、こうした判断手順は、繰り返すが主観的なもので、リスク管理を何ほどか合理的に行おうとすれば、少なくともある程度の客観的なアセスメントがどうしても必要になる。そこで、第二の手順が問題になろう。つまり認知されたリスクの生起確率を、客観的にどの程度と見積もるか、また被害規模をどの程度と見積もるかという作業である。当然ながらどちらの問題に関しても、類似の事象に関する過去のデータが推定の基盤になる。事故や災害の事例収集が重要であるのはこのためである。

ヒューマンエラーに関しては、特にこの点が強調されなければならない。というのも、先に示唆したようにヒューマンエラーは、非常に気まぐれな形で、思いもかけない場面で起こるからで、そもそも生起確率を問題にする前に、どんなエラーが起こるかを想定することさえ難しいからである。過去の事例がどれほど貴重であるかは、その点からも理解できるだろう。

いずれにしても、リスクの管理の前提となるのは、常に確率であることも、改めて強調しておかなければならない。

リスクの制御

この場面では、既に述べた二つの制御が問題になる。第一には、生起確率を減少させることであり、第二には、起こった場合の被害の規模を小さくすることである。

先にも述べたように、自然災害に関しては、生起確率を減少させることは困難を極める。例えば太平洋上に台風が発生することを、人間の手で制御することは事実上不可能であり、小惑星が大気圏に突入することを制御することも不可能である。もっとも後者に関しては「不可能であった」と過去形で書くべきなのかもしれない。というのもアメリカやヨーロッパで行われつつある「小惑星計画」では、大気圏外に人工衛星を打ち出して、そこから核兵器を使って、小惑星を爆砕する方法とか、爆砕できないまでも、軌道を変えさせる方法などが、まじめに検討、研究されているらしい。これが、かなりな確度で可能になれば、科学・技術の進展によって、「天災」が「リスク」に変わる例の典型になると思われる。それはともかく、通常は、自然災害は、それ自体の生起確率を効果的に減らしたり、ゼロにすることはできない。他方、ヒューマンエラーの方は、訓練やマニュアルの整備、適材を適所に配置するなどの方法で、生起確率をある程度減らすことができる。

第二に、リスクが起こってしまったときの被害規模を縮小させるために、さまざまな手段が考えられる。この場合でも、過去のデータが重要な役割を果たす。自然災害の場合を考えてみよう。火山が爆発したとき、溶岩流はどこまで流れ落ちたか、火山灰はどこまで、どの程度降ったか、こうした知識は、過去の記録があるのとないのとでは、極端に差が生じる。東日本大震災で、貞観の地震の際の記録が改めて脚光を浴びたのも、この点がある故である。

また、阪神・淡路大震災のとき、大きな人的被害が出た背景には、消防車も入れないような狭い路地に、建築基準を満たさないような家屋がひしめいている地域での焼死者が多出したことが報告されている。こうした被害は、都市計画や地域防災を考え直すことで、今後の被害を縮小する方法があることを教えてくれる。いずれにしても、起こった事象を綿密に記録し、分析することが、将来のために決定的に重要であることは、はっきりしているだろう。

その意味で、注目しておきたいのは、現在の新幹線の現場である。阪神・淡路大震災の際には、橋げたや線路を支える基礎構造に大きなダメージがあった。そこでは営業運転開始直前であったという幸運が働いて、人的被害には繋がらなかった。また中越沖大地震の際には、営業運転中の列車が脱線するという初めての事故が起こったが、このときも、対向列車がなかったという幸運が働いて被害はなかった。今回東日本大震災の際には、関係する二十七本の列車（停車中のものも含めて）のすべてが、安全に停車し、基礎構造の破損も出さなかった。その背景には、こうした出来事の一つ一つを綿密に分析し、技術によってできる限りの対応策を講じてきた努力がある（その中の重要な一つが、地震の初期微動を感知して即時に停車を命じる装置＝ユレダスの開発と不断の改良とがある）。

ヒューマンエラーの場合に非常に効果的とされるのが、フールプルーフという方法である。人間が犯しがちなエラーやミスを予め想定して、それが起こったときにも、致命的な損害を引き起こさないような手立てを講じておくことである。しばしば誤解が生じるのは、ヒューマンエラーは決して初心者や、不適格者にのみ起こるのではないという点である。フールという表現が、誤解を招き易いのかもしれない。ある医療現場で、フールプルーフの必要性を説いた際に、一人の医師が立ち上がって、「私たち医療者は高度職能者であるから、フールプルーフは馴染まない」と言われたことがある。しかし、どれほど訓練を受け、志気が高く、職能に熟達している人でも、ときに「フール」な行いを犯してしまう、それが人間なのである。そしてそのことを完全に防ぐ手立てはないことは、医師よりも勤務状況も恵まれており、健康管理も綿密で、訓練と資格取得後の審査などもはるかに厳密に行われているパイロットにおいても、ときに思わぬミスを起こすことがあることからも判る。だからこそ、フールプルーフが決定的な意味を持つのである。

安心と不安

こうして、安全とリスクという面からみると、科学・技術（その中には、人間行動学や心理学の一部なども当然含まれる）の成果を利用して、リスクの軽減と、被害規模の縮小とを行うことができ、かつその対応は、着実に成果を上げてきたことが理解できるだろう。

しかし、そうした側面とは異なった次元で生じる問題が、安心であり不安である。例えば、ある作業現場で、何らかの事故が起こって死者の出る確率というのは、その現場の安全の度合いを示すかなり重要な数値であろう。ある会合で、私は、仮に、それだけを安全を示す基準として採用したときに（という条件文を、私は二度強調した上で）、原子力発電の現場は、他の作業現場に比べて、各段に安全性の高い現場になる、と発言した途端に、激しい批判をいただくことになった。

アメリカのリスク管理関係者の間ではよく知られた事実だが、作業量と作業時間を標準化した上で、事故の起こる確率の最も少ない作業現場は航空母艦であるというデータがある。しかし、このデータがあるからと言って、人々は、はるかに事故発生率が大きく、死者の発生数も多い、都会の交通現場よりも、航空母艦の方が「安心できる現場」と思うことはないだろう。

つまり、安全性を示す指標は色々な形で示すことができ、かつそれは、その限りにおいて、大切な基準であるにもかかわらず、人間は、それによって、必ずしも不安を軽減したり、安心を増大させたりするわけではないという重要な局面がここに浮き彫りにされるのである。

ここに、為政者も含め、あらゆるセクターの管理者が、大切に扱わなければならない人間性の一側面があると言える。確かにそれは不合理である。原子力発電所の再稼働は、安全対策の面から考える限り、問題はないはずである。これまで稼働してきた現場を、一時的に停止して、十分な点検を行い、問題点があれば改修した結果、稼働中よりも「より安全〈safer〉」になったのだから、また、「フクシマ」の事故原因（細かい問題は別にして、最大の要素は冷却用のすべての電源が喪失したこと）への対応も施した結果でもあるのだから、再稼働に踏み切るのは、「安全とリスク」の面からすれば、十分に合理的である。しかも、今後の国家のエネルギー戦略を議論し、定めていく中で、原子力の比率〈ゼロから二五パーセント〉までのどの選択肢を採るのか、という決断は、「これから」のことである以上、今〈ゼロ〉を確定してしまうことは、議論の先取りであろう。

しかし、一方に、そうした合理的な議論の外にある「不安」のファクターが、少なくとも人々の間に、大きな位置を占めていることを無視するわけにはいかない。それも人間性の確かな一部であることは間違いがないのであるから。このように考えてみると、私たちは簡単に「安全・安心」と言う言葉を口にするが、実は安全と安心の間には、越えがたい深淵が横たわっていることになる。

安全学の立場からみた震災報道

この論が刊行されるころ、原子力発電所の事態がどのような形になっているか、推測するのが恐ろしいような思いが去らない。今回の災害のなかでも、原子力発電所の問題は、特異な様相を呈しているし、私自身の関心（という言葉は、実はあまり適切ではないのだが）も、主としてそこへ向いている。しかし取りあえずは、災害全体を見通したうえで、メディアとの関わりを考えることから始めたい。

こうした災害に出会ったとき、人間は、さまざまな行動をとる。これは、都内での話だが、勤務先の学院には小学部もある。その日、小学二年生は、授業が終わって下校の途中で震災に見舞われた。一人一人、地下鉄などを使って自宅へ帰るさなか、電車は止まり、地下鉄の乗客は地上に出るように誘導された。子どもにとっては、一度も降りたことのない駅の外へ出ても、途方に暮れるばかり。すると、見ず知らずの人が声をかけて、すでに行列のできている公衆電話に導き、番がくると、自宅への連絡を助け、今の場所を説明し、しかも、保護者がそこにたどりつくまで付き添ってくれた、というのである。自分のこともあるだろうに、それだけの振る舞いをしてくれるのは、なまなかなことではないはずである。これは、罹災《りさい》地の事情に比べれば、まことに小さなことだが、こうした非常時に、この種の自己犠牲と奉仕の行為が数多く生まれたのは確かである。

メディアは、罹災者を元気づけるために、こうした話を発掘してきては、率先して報じた。そのこと自体は、決して批判されるべきことではないだろう。読者や視聴者が苦境のなかで、人間の高貴さに感動し、慰められ、前に向かう意欲を取り戻す一助となるのであれば、とも思う。しかし実際には、災害のすぐ後から、罹災地には、組織的な窃盗団があったと言われる。メディアは、なかなか、そうしたネガティヴな事態は報道しなかった。私たちがそうした情報に接するのは、インターネット上を飛び交う、みそもくそも一緒の膨大な情報(らしきもの)の洪水からであって、情報の質に関しては、自分で判断するほかはなかったのである。

よく言われることだが、若い学生たちを見ていると、今は、ほとんど既成のメディアには接していない。テレヴィジョンさえろくに見ていないらしい。まして新聞・雑誌においてをや。だから、とんでもないジャンク情報を信じていたりする。ある情報が全く意味のないものである、ということを判断できるのは、たまたま私がその分野の知識をある程度備えているからだが、そうでない領域に関しては、そんなばかな、と切り下げることもできない。こうしてウェブ上ではとんでもない情報が増幅されて広がる。もちろん、ウェブ上でも、ある程度の情報浄化機構が自然に働いているように見えるのは、結構なことだが、常にそうとは限らない。既成のメディアには、そうした「風評」を断固否定するような働きもあってよいのでは、と考える。そのためには、自己規制を減らして、プラスもマイナスも含め、できる限り多くの情報をきちんと伝えるという、メディア本来の機能を十分に発揮してもらいたい。

駆動力とローカル・ナレッジ

原子力発電所の事故に関しては、直後から、日本の主要四紙や雑誌などから寄稿の要請があり、そのなかにはニューヨーク・タイムズも含まれていたが、私自身、現在メディアで大変評判の悪い原子力安全・保安院に関わってきた過去があり、自分の過去の言動を洗い直し、吟味と反省とを経た上でなければ、とても発言できない、という思いが強く、一ヵ月ほどは全く反応しなかったし、できなかった。原子力安全・保安院との関わりは、保安部会長としてのもので、部会長というのは、関連自治体の首長、消費者団体の代表、研究者、関連組織の代表などからなる部会の意見取りまとめが仕事の内容で、行政的な責任ではなかったが、それでも、記者会見や解説などでメディアに登場する保安院の責任者や研究者の多くは、当時の部会の関係者であったこともあって、なおさら、報道の一刻一刻が身を切られるような経験にもなった。

都合八年間ほどの保安院へのコミットメントのなかで、痛烈な反省として浮かび上がってくることがある。阪神・淡路大震災によって、活断層の活動による地震の問題が浮かび上がり、原子力発電所の立地環境と、活断層との関連を調査することが重要課題として浮上し、さらに中越沖大地震で東京電力の柏崎発電所が被害を受けたときに、振動のエネルギーが想定を超える事例が幾つか見つかったこともあって、地震の揺れに関しては、研究者も技術者も、あるいは検査に関わる保安院の検査官らも、非常に神経質になっており、事業者側も対応を急いできた。その点は、実際にその間の事情をある程度知るものとして明言できる。実際今回の巨大地震でも、少なくとも現時点での調査では、地震の揺れが直接の原因となった「事故」はほとんどなかったと言える。しかし、しかしである。その間、津波という言葉は、少なくとも私の耳には一度も入ってこなかったし、私は、と言えば、私も、津波対策に関して言及したことは一度もなかったのである。

津波対策が十分に講じられていても、どうなったか、それは分からない。宮古市の田老地区は明治、昭和の三陸沖大地震の際の津波で、重ねて大きな被害を受け、全国で有数の大防潮堤を建造した。この防潮堤（万里の長城と称された）の威力は、その後一九六〇年チリ大地震の際に日本の太平洋岸を襲った大津波で見事に発揮された。この地域では、死者は一人も出なかったのである。今回の津波でも、この防潮堤自身は完全には崩壊しなかったが、地域は壊滅的な被害を受け、むしろ、この防潮堤を信頼していた人々のなかから、かなりの数の犠牲者が出たという。防潮堤の高さは一〇メートルだったから、今回の津波は、それをはるかに超える高さで襲ったことになる。

しかし、福島第一原子力発電所では、一〇メートル高の防潮堤もなかったことも確かである。それがあったら、今回の事故は防げたか。それは不明である。ただ、明らかなのは、対策を講ずべき津波のエネルギーへの想定が甘かったことであり、私が関与している限りでの保安院の当事者の間でも、自分自身も含めて、津波への配慮が不足していたと、痛切に思う。

安全学の立場からすれば、リスクの認知を形成する要素のなかに、過去の事例データが含まれることははっきりしている。貞観の大地震と津波も含めて、三陸海岸が過去の歴史のなかで、何回も巨大な津波の被害を受けてきたことは明らかで、そうであるからには、海岸に立地を求めなければならない原子力発電所の宿命として、過去のデータに基づく十分な津波対策が講じられているはずだ、というのが、当時の基本認識であった。その認識は、十分な調査の裏付けを欠く単なる思い込みに過ぎなかったことになる。問題意識が駆動されていないとき、経験的データは、それなりの意味をもって機能してくれない、とも言えるだろう。リスクの認知が主観的な要素を免れない以上、そうした点は完全には防げないとも言えるが、このことは、いかに安全への問題意識を常に働かせるかという、安全学の根本問題にもつながってくる。

メディアがそうした駆動力を発揮すべきであると期待することは、筋違いに思われるし、むしろ本来的には研究者こそが、過去のデータと現状とを比較した上で、リスクの認知に欠けるところがあれば、警告を発すべき立場にある、ということも確かで、その意味では私自身も顧みて忸怩《じくじ》たる思いに駆られるが、メディアが本気で警世を意識するのであれば、データ調査と現場チェックの双方を行い、世間の啓発に意を砕くことも、まんざら筋違いではない。

付け加えれば、現在「ローカル・ナレッジ」という概念が注目を集めている。文字通り「地域に限局された知識」という意味だが、一般に科学・技術の世界は「普遍的な知識」を追い求める。極端なことを言えば、地球の上で成り立つことがらは、アンドロメダ星雲でも成り立つはずだ、という信念の上に科学は立っているのである。

しかし、人間の営みは、普遍化されたことがらだけで片付くのであろうか。首都圏の近隣を流れる利根川の支流の一つに小貝川がある。一九八六年の台風一〇号でも堤防が決壊し、かなりの被害が出たことからも分かるように、「暴れ川」である。この水害のとき、流された家の多くが「新住民」のもので、古くから土着の人々は、そうした新宅地の造成を、やや冷ややかな目で眺めていたという。当時の国土庁の責任者はこのことから、新しく宅地造成をするに当たっては、事前に、ボーリングや地質調査など、科学・技術の範囲でできることを徹底して行うのはもちろんであるが、土地の古老の意見をヒアリングすることも、必須の条件に加えた。

この土地の古老の意見は、科学・技術の裏付けがとれるものとは限らない。しかし、その土地に暗黙のうちに積み重ねられてきた長い経験が教えること、それは、科学・技術的調査や探査と同じく、留意に値するものである、というのがこの話の論点である。こうしたものが「ローカル・ナレッジ」の代表と言えるだろう。

一般に科学や技術の専門家は、そうした知識のあり方には疑念を抱きがちだが、新聞記者であれば、そうした類いの、それぞれの現地に特異なローカル・ナレッジの発掘と活用に利点を持っている、ということもできるのではないか。

情報の信頼性をめぐる問題

自己反省はそれとして、原子力発電所の事故では、当初からメディアの扱いに、不十分な点が目立った。例えばテレヴィジョンに意見を求められる専門家の対応も、極めて歯切れが悪く、質問者の質問をほとんどおうむ返しに繰り返すような応対ばかりだった。当然世評は厳しかったが、どこまでが自律的、どこまでが他律的か、他律的である場合、その主体はどこか、今も判然としないことが多いが、とにかく、専門家である以上、数日間には事態が極めて深刻な方向に進んでいることは、当然分かっていたはずである。何しろ建屋の崩壊を起こすほどの爆発さえ起こったのだから。しかし、コメントを求められた専門家は、楽観的な姿勢を崩さず、憂慮すべき、という言葉さえ聞かれなかった。

自律的にせよ、他律的にせよ、コメントの内容への制約があったとすれば、いたずらに民衆の不安を煽り、パニック的な事態が起こるのを避ける、という配慮に基づいていたことは、容易に推測されるが、そうした曖昧で、一向に明確な把握に至らないままに過ぎた一週間から十日ほどが、その後、情報への一般の信頼感を著しく削いだことは、指摘せざるを得ない。

世論なるもののいい加減さは、かつてのウォルター・リップマンの言を引くまでもなく、よく分かっているつもりである。また、例えば新聞というメディアは、世論を造る働きをするのか、世論によって造られるのか、という問題も、永遠に解けない難問ではある。しかし、それでも世論は、情報の信頼性に関しては、意外に鋭い感覚を示すものである。事故後、メディアの伝える内閣の代表や行政の責任者、あるいは事業者の関係者の言行に、一般の信が集まらなくなったのは、不幸ではあるが、自然なことであった。メディアは、もっと毅然として、最初から最悪の状態の可能性を伝え、それへの行政や産業の迅速な対応を促すべきであったと思う。

それと同時に、難しい課題ではあるが、科学や技術への感情的な不信を取り除くような配慮も、当然必要になるのではなかろうか。例えば、福島第一原子力発電所も含めて、あれだけの強い揺れにもかかわらず、ほとんどすべての炉が、緊急停止し、新幹線の列車が、今回は脱線さえ起こさずに安全に止まった、というような事実とともに、技術の信頼性を高めることとして、強調されてもよかったのではないか。

それは、科学や技術の持つ力への適正な評価、という観点から、大切なことであるように思われる。

メディアへの期待と思い

他方、メディアに現れる識者のコメントを見ていると、特に最近になって、電力会社の利益優先の姿勢を糾弾し、国民をごまかして安全だと言い募ってきたと、にべもなく批判する言辞が多く見られるようになってきた。しかし、利益優先だから今回のような事故が起きた、というのは、理に適わない。なぜなら、事故ほど利益を損なうものはないからである。東京電力の本年の赤字は一兆円を超えるという。実際、一旦致命的な事故を起こした企業は、二度と立ち直れないほどの経営上、財務上のダメージを負うことは、今は誰しも分かっている。安全をおろそかにして企業経営が成り立たないことは今日、経営学のいろはと言ってよい。特に日本社会のなかには、根強い原子力忌避感がある。それだけに、これまで安全に関して、利益優先で、事業者が手を抜いてきたと言うのは、単なる印象批評の域を出ないものと、私は考えている。

問題の中心の一つは、原子力関係者の閉鎖的な空気にある。電力会社のなかでも原子力は、水力や火力に比べて新参者であるばかりでなく、技術の性格もすっかり違う。それゆえ、企業のなかでも、原子力は孤立しがちである。その閉鎖的な空気は、原子力関係者の外からも、また関係者自体の内からも、双方からはぐくまれてきたものと言わざるを得ない。何かことが起これば、自分たちだけで解決しなければならない、あるいは解決できる、という思い込みが、原子力関係者のなかに醸成されてきたことは確かであり、今回も、企業として東京電力が反省しなければならない最大のポイントはそこにあるように、私には思われる。すでに、いわゆる不祥事事件の結果、そうした弊が内外から指摘され、企業体自身も厳しく自己点検を行ったはずなのに、今回も、いろいろと伝えられることを考え合わせると、その弊が払拭されていなかったという思いしきりである。それは国際的な場面にまで及んだと聞き及ぶ。

国際的な文脈で言えば、災害発生の数日後、ヨーロッパの友人から届いた何通かのメールが、一様に次のような内容を伝えていた。官房長官なるものが、スポークスマンとしてテレヴィジョンに出てくるが、垣間見る首相もどちらも、作業服に身を固めている。彼らは東京にいるのだろう。その彼らがあのような服装をしなければいけない、ということは、東京でも、普通の暮らしができないのだね、お前はどうしている、大丈夫なのか——。あの作業服には何の必然性もなく、要するに国内向けのパフォーマンスだけである。しかし、国際的な文脈に移したときに、あのような服装自体が、どういう反応を起こすか、という想像力のかけらも、政府関係者の間になかったことは確かである。

このような点も含め多角的な観点で、メディアも感覚を磨いてほしいと願う。

科学報道はどうか

科学者共同体の特性

研究者が研究の成果を論文の形で公表するという習慣が生まれたのは、それほど昔の話ではない。確かに、科学者の学会というと、誰もがイギリスのロンドン王立協会を想起するかもしれない。この協会は十七世紀に誕生した、現存する学会としては最古のものの一つで、その機関誌は、協会の創設とほぼ同時期の一六六五年に、当時この協会の秘書役であったオランダ人のヘンリー・オルデンブルグ（Henry Oldenburg, 1618-1677）によって、私的に始められ、今日まで続く学術雑誌の祖とも言われている。

しかし、考えてみると、この時代に「科学者」という社会的存在はあり得なかったことも指摘せざるを得ない。言葉の上だけから考えても、イギリス語の「科学者」、つまり〈scientist〉という語彙は、ウィリアム・ヒューエル（William Whewell, 1794-1866）が造語して使用し始めるまでは、存在しなかったのであり、その意味では、王立協会に集った人々を、安易に「科学者」と呼ぶことは時代錯誤を犯すことになる。また、内容的にも、機関誌である *Philosophical Transactions* を実際に調べてみると、およそいろいろな種類の言説が雑多に集められており、現在の学術ジャーナルの面影はない。近現代の科学者の代表のように思われるチャールズ・ダーウィン（Charles Darwin, 1809-1882）も、王立協会の機関誌に寄稿しているが、彼の最大の研究成果である生物進化論の学説を一八五九年に公表したのは、不特定多数の読者を想定した『種の起源』という書物の形においてであった。ほぼ半世紀後の一九〇五年、かのアインシュタイン（Albert Einstein, 1879-1955）が特殊相対性理論の第一報を発表したのは *Annalen der Physik* という学術誌であった。この約半世紀の間に、科学研究の成果は、学術誌に論文の形で発表する、という習慣が、確立したと考えてよいだろう。

同時に、十九世紀後半には、個々の専門領域の研究者のみが集まって作る専門学会、別の言い方をすれば「科学者共同体」も次々に形成されたから、当然ながら、学会誌という論文発表の媒体も新たに生まれたことになる。この半世紀は、現代の科学研究に関する諸制度が、ほぼ全面的に整えられていく時期に当たっており、科学者共同体の内部で、研究による新しい知識の生産から、その活用、あるいは評価、褒賞などが自己完結することになる。評価に関しても、一つには、専門化が激化すればするほど、当該の研究結果の良否は、当該の専門家仲間以外に容喙《ようかい》することができなくなる、という理由から、またもう一つには、科学者共同体は外部からの介入を極度に嫌い、すべてを自分たちの手で行おうとする独立の主張から、当然のように「ピア・レヴュー」という形式が確立したのである。

この「独立」の問題には、科学者は極端に神経質になるようで、例えばボルティモア事件はその良い例になるだろう。この事件は、一九七五年にノーベル生理学・医学賞を受賞したボルティモア（David Baltimore, 1938-）の研究室で起こったスキャンダルで、彼も共著者の一人である *Cell* 誌に発表された論文に関して、同じ研究室の同僚から、疑惑を訴えられたことに始まる。一九八六年のことであった。

当初、研究室ヘッドであるボルティモアらは、この訴えを黙殺したので、提訴者は最終的には下院議員のディンゲル（John Dingell, 1926-）を動かし調査委員会が組織された。このときボルティモアは、全米の研究者に檄を飛ばし、「第二のガリレオ事件」として、厳しく反対するように促すキャンペーンを張った。つまり科学の世界に政治が介入するのを断固阻止しよう、というのであった。余談だが、全米科学アカデミー（NAS）の当時の会長フランク・プレス（Frank Press, 1924-）が、危機感を募らせ、若い研究者の卵に、研究者としての躾を説いたパンフレット *On Being a Scientist* の編集、刊行を思い立つきっかけの一つが、この事件であった。このパンフレットの初版は一九八九年に刊行されている。

　科学者の「独立」に関しては、私自身、苦い経験がある。一九八五年、筑波で開かれた科学万博で、日本ＩＢＭ社のパヴィリオンの一階モールに、科学技術の歴史を彩る写真などを展示する企画があり、そのお手伝いをすることになった。現代を象徴する出来事の一つとして、「アシロマ会議」を取り上げた。最終案が固まったとき、アメリカのＩＢＭ社に、表敬的な意味もあったのだろう、その案を提示した。するとアメリカの学術コンサルタントと称する人物から、アシロマ会議に関して強烈な異議が返ってきた。遣り取りがあったが埒《らち》が明かないので、直接出向いて折衝することになった。

　その段階で初めて判ったのだが、相手はハーヴァードの教授で、ニュートン研究で知られるコーエン（I. B. Cohen, 1914-2003）、当然旧知の人物だった。他の点でも議論はしたが、ほとんど半日を費やして結局折り合えず、日本ＩＢＭ社の担当者は、もともと、頭も資金もすべて日本ＩＢＭ社の負担なのだから、と言ってくれたので、アメリカＩＢＭ社は本企画には一切関わりがないという断りを明記することで、帰ってきたのである。いろいろとコーエンは文句を言ったが、主要なポイントの一つは、アシロマ会議が認めたＩＲＢ制度にあった。

　もともとアシロマ会議というのは、いわゆるリコンビナントＤＮＡ、つまりＤＮＡの組み換え技術が、原理的にはほぼ完成した一九七五年に、その将来に危惧を持った専門家たちが世界中からカリフォルニアのアシロマに集まって、一種研究の規制措置をガイドライン化することを定めた会議であった。その規制措置は大まかに言って三つある。一つは実験生物（主として大腸菌）に処理を施して、生体内では繁殖できないようにするという生物学的封じ込め、もう一つは実験生物の危険度に応じて、扱う実験室の防護の程度（Ｐ１〜Ｐ４）を定めるという物理学的封じ込め、そしてＩＲＢ制度の三点である

ＩＲＢは〈Institutional Review Board〉の略語で、日本では通常「倫理委員会」と意訳されているが、研究機関内に設けられた審査委員会である。要するに、この分野の研究者は、実験材料、実験手法その他を明記した実験計画書を、自分が所属する研究機関のＩＲＢに提出し、その許可を得て初めて当該の実験に取り掛かることができるという制度である。

問題はＩＲＢの構成にあった。ＩＲＢのメンバーのうち、当該の専門領域の専門家は半数を超えてはならない、という規定が定められた。言い替えれば、そのメンバーの半数以上は「非専門家」によって占められるべき組織がＩＲＢなのである。ちなみに、この取り決めは、日本でもガイドラインとして受け入れられているが、日本のＩＲＢ制度では、この条件を厳密な意味では満たしていない事例も見受けられる。

話を戻すと、コーエンは、このＩＲＢ制度は、やはり研究の「独立」に対する重要な侵害であって、認めるわけにはいかない、と言うのだった。彼は自分の背後にはアメリカ物理学会が付いている、という、およそ議論の筋道からはかけ離れたことまで持ち出して、引き下がろうとはしなかったのである。いずれにしても、科学者共同体が、研究に関するすべてを自分たち

の手に掌握しておきたい、という欲求を強く抱いていることは、以上のような出来事からもわかるだろう。

しかし、二十世紀後半からは、科学者共同体の内部に限局されているはずの科学的知識を、国家行政や産業が、自分たちの目標実現のために、こぞって利用し始めたのである。その典型はマンハッタン計画であったが、ライフサイエンスの世界は、医療と直接繋がるために、産業を含めて、科学的知識の利用が極めて活発な領域の一つとなっている。つまり、すでに、科学者共同体の「独立」は、出口のところで完全に崩れ去っているのだ。しかも、現代のように研究に巨大な資金が必要になり、研究の大規模化に伴い、研究資金は当然、科学者共同体内部で調達できるはずもなく、外部社会からの援助を仰がなくてはならない。その点で入り口においても、「独立」というきれいごとは通用しない事態に立ち至っている。

ジャーナリズムという点では

『ネーチャー』と『サイエンス』が、現在、世界の研究者たちが、自分の論文を掲載してもらいたいと願う、最も重要な媒体であることは、周知だろう。『サイエンス』は、それでもアメリカの全米科学振興協会（ＡＡＡＳ）が刊行しているジャーナルだが、『ネーチャー』に至っては、普通に市場でも購入できるジャーナルである。

もともと『ネーチャー』が刊行された際には、論文を掲載する媒体というよりは、むしろ啓蒙的な役割をもって任じていた。つまり科学的知識を一般の人々に行き届かせることが、自らの使命であると考えていたのである。その意味では、現代社会における通常の科学ジャーナリズムと、大きな違いはない、あるいはなかった、というのが真実だろう。なお、このような性格から、現代の研究者の中に、敢えて『ネーチャー』などは一切相手にしないと宣言する勇気ある人物も現れている。昨年ノーベル生理学・医学賞を受賞したアメリカのシェックマン(Randy Schekman, 1948-)である。ただ、初期から『ネーチャー』の編集部には、「問題提起」(polemic)という意図もあったようで、あえて定説でないような言説も掲載し、誌上で論戦が行われるのを督励するような空気があった。そうした啓蒙的なジャーナルが、論文発表媒体へと移行するのは、やはり領域の専門化の進展が働いていたことは明らかだろう。

そしてそこにもう一つの因子が絡む。それが完全に因果関係で結ばれていると主張するつもりはないが、少なくとも状況的な関わりはあるはずである。その因子とは、被引用度であり、インパクトファクターである。

ユージン・ガーフィールド(Eugene Garfield, 1925-)が一九六〇年代の初めに創設したＩＳＩ(Institute for Scientific Information)によって刊行されることになった『被引用度索引』(*Science Citation Index*)は、恐らく創始者の思惑を遥かに上回る結果をもたらした。ある特定の論文が、他者の論文のなかで引用される回数を、単に数え上げる、という児戯に等しい方法で計上される被引用度は、その論文の学問的重要性を示す客観的尺度として、猛威を振るい始めたからである。しかも、その被引用度を基礎に、そこから算出されるインパクトファクターは、論文誌の使命を制するほどの意味を持つようになっている。

インパクトファクターとは、ある年間に、特定のジャーナルに掲載されたすべての論文の被引用度を単純加算した上で、その数値を、論文の総数で除する、要するに、年間の論文の平均被引用度なのだが、たったそれだけの値が、論文誌の重要度の客観的尺度として、決定的な意味を持つようになって、まだそれほどの時間が経っているわけではない。ただ研究者の履歴書に添える業績リストは、まず査読付き単著論文、次に共著論文、総説など序列的なカテゴリーに分類されるが、個々の論文には、必ず被引用度を付する、という習慣が国際慣行になるのは、今から二十年ほど前からであろうか。そしてその論文が掲載された論文誌のインパクトファクターを乗じながら、その業績リストの重要度の「客観的数値」が、いとも簡単に算出される習慣もまた、現在では定着している。

そもそも被引用度そのものが、必ずしも当てにならない。例えば、親しい仲間、利害関係を共有する仲間の論文はお互いに引用し合う、しかしライバルの研究者の論文は決して引用しない、などという戦略が、たちまち広がるし、論文誌のインパクトファクターも、人気投票のような趣もあって、論文内容や研究者の資質を真に反映したものになるとは限らないのは、ほとんど自明である。それにもかかわらず、現在そうした数値が決定的な役割を果たしている背後には、やはり極度の専門化があると考えざるを得ない。世界でもほんの数十人だけが、専門家として存在するような、極端に小さな科学者共同体さえある現実のなかで、ある業績をどう評価するか、ということに、誰もが自信が持てなくなり、「客観的」指標にすがりたくなるのも、無理はないかもしれない。

もう一つの問題は、論文の査読という点である。私も、海外からも査読を依頼されることがあるが、それは一つには、人間関係で、あまり面倒がないと思われているからと推測されることも多い。科学者共同体といえども、先輩、同僚、後輩などの人間関係のなかで、査読が公平に行われるのを妨げる要素も決して少なくない。それが露骨に表れる場合さえある。査読者バイアスという言葉さえある。ある特定の論文誌の査読者は、ある特定の研究志向に対してのみ好意的で、別の志向には極めて厳しい、というような事態はままあることになる。それが更なる新しい共同体へと分裂させるきっかけにさえなる。

科学報道に関して

そうした研究を巡る険しい状況のなかで、一般の報道機関が、科学研究の成果をどのように報道すべきか。そこに大きな困難があることは目に見えている。最近の理研のＳＴＡＰ細胞樹立（？）を巡る混乱は、報道の姿勢についてもいろいろと考えさせる材料になった。もっとも、科学報道ではないが、少し前に起こった偽作曲家の事件も、パターンとしてはよく似ていたと言える。どちらも、マスメディアが、刺激的、感動的な物語をセンセーショナルに作り上げ、一転、手のひらを返すような否定的な物語を、もう一度センセーショナルに打ち出す。同じ話題で、二度「もうける」と言っては失礼かしら。

もうずいぶん前になるが、科学の世界で、新しい発見と称するものを、論文の形で「ピア」(同僚)に問う前に、メディアに発表する傾向が増していることを警告した記事を書いたことがある。今回の理研の事件は、『ネーチャー』誌に論文が発表された後のことだから、これには当てはまらないが、科学者の側が積極的にメディアを利用して自分たちの「業績」を喧伝しようとした点では、変わりはない。「割烹着」だの「リケジョ」だの、「コペルニクス的業績」だの、ことの本質とは別の次元の話を持ち出して、科学者の側の演出に協力する必然性があったのか。言い換えれば、メディアの側では、そうした専門家の側の過度の働きかけに対して、合理的に対応できるだけの見識を備えていることが強く求められていることになる。その点が、偽作曲家の事件と通底する問題だろう。

すでに繰り返し述べてきたように、もともと、科学研究は、基本的には専門家の集まりである科学者共同体の内部で自己完結する営為であった。研究による新しい知識の生産、生産された知識の(論文という形での)ジャーナルへの蓄積、蓄積された知識の流通、流通する知識の利用・活用、あるいはそうした知識の評価、などが、科学者共同体内部でのみ行われ、外部社会には漏れ出ない、というのが特徴であり、それが技術や工学との顕著な違いであった。今「あった」と過去形で書いたが、確かに現代では、この特徴はむしろ希薄になっていて、少なくとも「知識の利用・活用」は、明らかに共同体の外で行われるようになっている。行政や産業が、その最たる利用者である。利用者は、学術上の良否よりも、実際の使い勝手や、その活用効果から判断する傾向がある。

かつて科学的知識は、公共的（communal）とされ、誰もが（ただし、研究者仲間に限る）自由に利用できるはずのものであったが、今では「知的財産権」のような主張が科学の世界にも入り込んでいる。今回の事件でも、そうした点が、問題を難しくしていることも無視できない。きちんとした情報がすべて明かされているとは限らないのである。その点を考えれば、先に書いたように通常のメディアに対して、科学上の知識に関して相応の「見識を備える」よう求めることは、ないものねだりではないか、という批判は当然あり得るだろう。

しかし、専門的な評価はできなくても、別の「勘」のようなものは期待してよいのではないか。例えば偽作曲家の事例で言えば、音楽好きではあるが、音楽の領域では全く素人の私も、あの作品をまともに相手にする必要はないと、最初から感じていた。聴いた音楽はムード風であり、それ自体として必ずしも「悪い」ものではないと思ったが、ベートーヴェンの「再来」など、冗談としか思えない話で、私が新聞のデスクであったり、テレヴィジョンのプロデューサーであったら、文字通りの「際物《きわもの》」として、取材は一切認めなかっただろう。これは後知恵で言うのではない。理研の例では、正直なところ半信半疑で、半信半疑であれば、裏切られる可能性に十分備えた取材、あるいはニュース化をすべきだろう、と考えていた。いずれにしても初期の騒ぎは、どちらもあってはならないものだった。そして、それだけの判断は、ごく当たり前の常識を備えていれば、自ずから生まれるものだったはずである。

もう一つ、メディアの立場で考えておいてよいのは、そうした際に、自分たちだけで判断するのではなく、複数の適切な専門家に相談することだろう。もちろん、新聞なりTV局なりは、それなりにコメントを求める専門家を抱えているはずで、そんなことはとっくの昔に実行していると言われるだろう。しかし、実際には、それが十分に機能していないことは明白ではないか。

ここには二つの問題がある。一つは、メディア側が、専門家のコメントを求める際、多くの場合、すでに自分たちのなかで引きだしている結論を補強したり、強化したりする発言を期待しており、専門家のコメントのなかから、そうした部分だけを取り出したり、極端な場合には、発言内容にはないことまで「捏造」して、メディアが発表することさえある、という点である。そういう経験を何度か繰り返すうちに、メディアの取材には決して応じない、という頑《かたく》なな姿勢に入ってしまう専門家を、私は何人も知っている。いきおい、紙面や画面には、メディアでの露出を至上の価値とする一部の専門家と称する人々のみが、活躍することになる。

もう一つの問題は、専門家は一般に、研究仲間以外の人々とのコミュニケーション能力を著しく欠いているという点である。最近日本でも「サイエンス・メディア・センター」という組織が生まれており、経済基盤はなかなか整備できていないが、活動を始めている。しかじかの問題には、コミュニケーション能力も含めて、適切な対応をしてくれるはずの専門家のリストを持ち、メディアとの間の媒介機能を果たそうとする組織である。

このように考えてみると、事態は全く絶望的ではない。辛抱強く、よりよい道を探し出す努力を続けること以外に、選択肢はない、というまことに平凡な結論を以て締め括りとしたい。

第Ⅲ部　〈大学〉の過去・現在・未来

大学の変貌

一学年五〇〇名強の、女子大学に赴任して、一年になろうとしています。ある統計によれば、一学年六〇〇名以下の首都圏を離れた大学は、軒並み定員充足率で苦闘を強いられているとのことです。幸い、私どもでは、定員割れは起こしていませんが、残念なことにいわゆる偏差値は下降気味と言わざるを得ません。少子化に加えて、大学の乱立で、大学の入学定員は、高等学校卒業生人口にほぼ等しいところまで来ている状況のなかで、当然起こるべくして起こっている事態には違いありません。文部科学省も、私学設立に関して、監督効果を強化するよりは、ある程度自由競争に任せ、淘汰すべきは淘汰されてよい、という方針であるように思います。

ここ十年ほど、大学を巡る状況は、大きく変化してきました。例えば、私が現役の教授であったころには、一度も耳にしたことのないような術語が、多数飛び交っていることからも判ります。「就業力」、「学士の質保証」、「アドミッション・ポリシー」、「ディプロマ・ポリシー」、「機能分化」、「キャリア支援」、「レメディアル教育」、などなど。また、入学試験も、恐ろしいほど多様化しています。大学は、企業の青田刈りを一様に非難します。それは当然のことです。三年次生になると、学生は就職活動に目が行ってしまう現状が、大学教育にとって、致命的であるのは確かなことだからです。しかし、大学もまた、高等学校生の青田刈りに熱心なのです。推薦入学者（原則として、合格者は他校の受験や入学は許さない）で、入学者の何割かを確保してしまう、という方法は、多くの私学が行ってきました。場合によっては、入学者の半数以上が、こうした方法で合格したもので占められる、ということさえ起こっています。一応十一月解禁ということになっていますが、そうすると、高等学校三年次の後半五ヵ月は、合格者にとっては、空白になりかねないのです。これも、高等学校教育への大きな侵害になるはずです。もちろん、その間「高大連携」の名の下に、大学側のコミットメントも含めて、色々な試みが生まれてもいますが、それが、本当に正当なことなのかどうか、議論の余地はあるはずです。

それにしても、今大学にとっては、受験生をどれだけ獲得するか、ということが、最大の関心事になってしまっています。それが大学の評判を決定し、学生の質の確保に繋がり、偏差値を上げ、翌年の応募者が増えるという好循環に向かうか、定員割れを懼《おそ》れるあまり、定員を確保するために合格基準を下げ、偏差値が下がり、翌年の応募者が減り、という悪循環に向かうか、で、天獄と地獄の分かれ道になるのです。大学は、挙《こぞ》って、如何に受験生の間で評判を高めるか、大学のイメージを高めるか、に狂奔せざるを得ないことになります。そこでは、建学の精神、あるいは大学の理念といった要素は二の次になる恐れさえ充分にあるのです。

それにしても、「ユニバーサル・アクセス」（大学に入る意志があり、選択をしなければ、誰でもどこかの大学には入れる）の時代の大学というのは、奇妙なことが起こります。ごく普通の日本語表現、例えば「高嶺の花」、「対岸の火事」などの意味が全く判らない、という学生（決して少数ではないのです）を抱えているのが現在の大学です。ときには、分数の計算さえ、手ほどきが必要になる学生も、決して少なくありません。理工系の大学で、一年次生に、進学塾の数学の先生を招いて、微分や積分の手ほどきをする、というようなことも、珍しくなくなりました。そうなると学士の質保証の前に、高等学校卒業資格の質保証をして欲しい、と痛切に思います。進学塾などが、大学から請け負って、いわゆるレメディアル教育を実行する、というような事態も、通常化しつつあります。

中央教育審議会や文部科学省では、だから大学の機能分化が必要だ、と主張するのでもあります。世界的な研究・教育の拠点から、地域の生涯学習教育の拠点に至る七つの機能を分別し、それぞれの大学が、自らをどこに位置付けるか、指定してほしい、というのがその骨子です。しかし、大学側がこのようなレッテル付けを躊躇うのは自然なことでしょう。アメリカのように、大学と名のつく組織が三〇〇〇以上あって、大学協会も、それぞれの機能に従って分化しており、しかも、ある大学が経営方針を転換して、AのカテゴリーからBのカテゴリーに移行しようとする、というようなことも、比較的容易に起こり得る社会ならばともかく、一旦自らを一つのカテゴリーに分別してしまうと、まずそこから抜け出すことがおぼつかない日本にあって、ある大学が、例えば世界的な教育・研究拠点となる可能性を一切放棄する、などという宣言は、とてもできない話になるからです。最近は文部科学省も、いや、一つに限ることはないので、そのうち複数の機能を目指す、ということでよい、というように、態度を軟化させていますが、それでは、本来の趣意からは外れてしまうことも確かでしょう。この辺にも、日本独特の問題点が見え隠れしています。

大学が、本来職業人養成の場でなかったことは、はっきりしています。ヨーロッパでは（アメリカも含めてよいかもしれませんが）、確かに、大学には、神学校、法学校、医学校という、一見職業者を養成するかに見える機関が、その歴史のほとんど最初から、備わっていました。しかし、これら三つの職種は、神からの呼びかけ（vocation）に、応答（profession）するという、神を介在させたなかでの特殊な職業であって、通常の意味での職業人の養成とは、本質的な違いがありました。とりわけ、十九世紀ドイツに端を発する近代的な大学の誕生は、象牙の塔の異名を生んだように、ひたすら、学識を極める場としての機能のみを追求してきました。

その機能自体を、大学が捨ててよいとは、私は思いません。「世界的教育・研究拠点」を目指すか否かはさておいて、大学が学問を究める場でなくなったとしたら、それはもはや大学の名に値しないでしょう。そのことを確認した上で、しかし、現在の大学は、同世代人口の六〇パーセント近くが、社会に出る前に身を置く場所になっていることを、無視することはできないのです。社会のなかで、一個の責任ある主体として判断し、行動することができるだけの、素養と基礎的な力とを培う場所としての大学の機能は、ますます大事になってきています。それは学問を究めるという目的に、二者択一的に相反するものである、とは思いたくありません。

その意味で、「リベラル・アーツ大学」というカテゴリーが、重要な意味を持って浮上してきます。十八歳で、将来の自分の可能性に、決定的な自信を持てないでいる、相当数の学生に、その可能性の選択肢を幅広く体験させることのできるカリキュラム編成、自分の専門性を見定めている学生を不満に陥れないよう配慮されたカリキュラム編成、この二つが両立していれば、先述の二者択一性に反しない、ということは達成できるはずです。さらに副専攻あるいは「ダブル・メジャー」などの制度を取り入れることで、こうした問題はさらに解決に近づくことができるでしょう。

もう一つの可能性は、生涯教育です。団塊の世代が退職し始めています。彼らの時代の大学入学率は、一五パーセント台であったと言われます。彼らは、大学という学問の府への憧れを捨ててはいません。そして、その憧れと望みに対応する方策を講じることも、これからの大学にとって重要なポイントになるでしょう。それは、ホモジニアスになりがちな大学という共同体に、新しい要素を取り込むことにもなると思います。ヘテロな共同体は、教育の対象としては困難があることは確かですが、しかし、人生の相当部分を経験してきた人々との共存は、若い学生にとっても、非常に大きな参考になるはずです。××カルチャー・センターとは異質の、広く学ぶことのできる空間を造ること、それが大学の将来の可能性の一つではないでしょうか。

私は、戦後学制改革で、アメリカ式の方法を取り込みながら、旧制大学の「学部・学科」制を残存させたことが、大きな誤りであったとさえ思っています。六・三・三制によって、中等教育が、かつてのように、成熟した知識人の基礎を培う場所、という責務から、より一般的な「義務教育」へと移行した（実際、現在では、最後の三、つまり高等学校は、実質上ほとんど義務教育に他なりません）以上、その責務は大学が担わなければならなくなっていたからです。さらに言えば、ユニバーサル・アクセスの時代には、大学さえ義務教育的な色彩を帯びつつある現実があります。こうした事態に、昔日の概念枠で立ち向かうことが愚かな業であることははっきりしています。

専門的な学問の追求は、主として大学院で、という方向性も、上のような事態から必然的な結果として、実現しつつあります。しかも大学院は、「専門職大学院」というジャンルが、今日突然隆盛を極め始めたように、必ずしも高度な「学問」への志向を満足させるための機関でなくなりつつあることも、考慮すべきことの一つでしょう。そういうなかで、先端的な研究を進めるための制度的な枠組みは、基本的には大学院にある、ということをあらためて認める必要があります。そして、そのことは、大学の学部・学科の上に個々の大学院が立つ、というパターンではなく、学問の前線の布置をきちんと反映した独立の組織として、経営されるべきものであると思います。

競争的環境と学問

日本社会には競争的環境が乏しい、すべからくアメリカ的な「競争原理」を取り込まなければ、今後の発展はない、という考え方が、学問の世界に蔓延し始めて、随分時間が経った。国立系の大学でも、教授会メンバーでありながら、論文も著書も一切ないままに、何年もが経過するような人々が、確かに一方に存在する。もう一方には、国際的な学問のフロントで、次々に成果を発表し続けている人々もいる。そして、法人から貰う給料は、全く同じ、というのは如何になんでも不合理ではないか。という「正論」に押されて、特に理系の分野では、かなり顕著な競争原理が導入されてきた。それは、給料で差を付けられない以上は、研究費で、ということになり、いわゆる研究費は、原則「外部資金」で調達せよ、という形が整った。

非常に下世話な話で恐縮だが、私が国立系の大学にいるころ（今から二十年位前のことだが）、大学が講座担当教授に用意してくれる属人研究費は、理系講座ということもあって、年間二〇〇万円を下らなかった。今ある国立法人の教授に伺うと、十万円に満たないという。他方で、外部資金の調達先は、確かに飛躍的に増えた。国家予算の裏付けのある研究費支援機関から、民間の財団に至るまで、いわゆる「ファンディング・エイジェンシー」は、非常な数に上っている。研究を志す人間は、そうしたエイジェンシーのリストを脇に置いて、下手の鉄砲も数撃てば当たると、次々に応募書類を書いては提出し、採用されるのを待つ。そこには「マタイ効果」（Mathew's Effect）と呼ばれる現象さえ生まれた。「マタイによる福音書」は、イエスの発したことばとして、「持っている人はさらに与えられて豊かになるが、持っていない人は持っているものまで取り上げられる」を伝えている（十三章十二節）。つまり、「マタイ効果」というのは、公募に採用される人には著しい偏りが生じることを評したものだが、実際に「富める」研究者は、外部資金を集め過ぎて、身動きがとれないほどになり、資金の管理に専らエネルギーを費やす、という弊さえ、伝えられている。弊はそれだけに留まらない。使いきれなくて、業者に依頼して、架空の伝票を切ってもらったり、一時的に預けて、流用したり、というような、文字通りの不正な取り扱いの温床にさえなっている。

特に現在は、研究費への「応答可能性」が重んじられるために、研究結果が何らかの社会的実利を齎《もたら》すことに力点が置かれ、応募書類にも、そうした記述を求める欄が必ずある。したがって、純粋研究に携わる研究者でも、多少とも後ろめたい気分を引きずりながら、そうした欄に適当なことを書き込む習慣も生まれている。確かに、純粋研究といえども、現在の研究は、とかく規模が大きくなって、必要な経費も巨額に上りがちなのに、結局は個人の好奇心を満足させるためだけに行われる研究に、当然のように国家や、社会が支援すべきだ、という考え方を研究者がとるとすれば、場合によっては人々に、夜郎自大な印象を与える可能性があることは、研究者が心すべきことであるに違いない。しかし、社会的に短期のリターンが期待できないような研究は、あってはならない、という結論は、どうしても承服できない。

というのも、人間は、原理的に、結果を問うことなしに、常に知識を求める存在であり、それを否定することは、人間性の否定に重なるが故に、やはりこの点は大切にしなければならないと考えるからである。つまり、社会的なリターンを目指さない研究への支援は、そのような人間の本性に敬意を払う（それがフィランスロピー、つまり「人を愛すること」の本来の意味である）ことに他ならないのである。

そういう意味で、科学研究の中核的な部分は、「文化」的な営為であって、技術とは一線を画していることへの理解は、社会全体として、明確に共有しておかなければならないはずである。

さて、競争原理に話を戻そう。一九八九年にアメリカの全米科学アカデミー（NAS）は、若手の研究者の卵に配るための小冊子〈On Being a Scientist〉を刊行した。直訳すれば「科学者であるとはどういうことか」ということになろうか（池内了訳『科学者をめざす君たちへ』化学同人、第三版が二〇一〇年刊行)。当時のNASの会長だったF・プレスが何故このような企画を考えたか、を序文で記している。それによると、当時研究スキャンダルが次々に起こっていた(なかでも一九八六年に起きた、ノーベル賞受賞者D・ボルティモアを巻き込んだ事件は政治問題にまで発展した)ことを背景に、かつては、教授や先輩の後ろ姿を眺めながら研究者として成熟していくだけの余裕があったが、今は、それが充分には果たされない状況になり、研究者として、どのように振る舞うべきか、について、マニュアル化が必要と感じられるようになった、という点を挙げている。

そこに記述されていることのなかには、多数の研究者の連名になる論文については、その責任の配分はどのようにあるべきか、というような項目と並んで、データを「マッサージ」したい誘惑に駆られたときにはどうすればよいか、などという注意も含まれている。「マッサージ」というのは、自分の論旨に都合のよいように、データを少しずつ弄《いじく》るというような意味で使われていると思われる。

話は変わるようだが、十九世紀になって、科学者と呼ばれるような人々が少しずつ、社会のなかに姿を現し始めたころには、社会的認知も薄く、またその職種に見合うポストも、ほとんど皆無という状況にあった(読者はアインシュタインが、物理学を専攻して、スイスのETHを修了した後も、なかなか思わしいポストに恵まれず、辛うじて特許局の三級技師というポストにありついていたことを思い出そう)。したがって、科学者になろうとしても、生活の糧を得ることも難しく、研究費の支援なども、とても期待できる状態ではなかった。つまり、本当に、已むに已まれぬ動機から、自然の謎に挑戦したい、と思う人だけが、将来の可能性や、まして出世など眼中にないままに、科学者の途を選んでいた。

しかし、今は、科学者であるということは、仮令《たとえ》一握りの数とはいえ、上手くいけばノーベル賞を手に入れ、絶大な世間的「成功」の可能性まで期待できる存在になった。「競争的」になるのも、自然なことと言えるかもしれない。一言で言ってしまえば、「競争的」という言葉は、ほとんど「ノーベル賞獲得競争」的、ということになってしまったのである。

かつては、研究者の勲章は「エポニム」だった。〈eponym〉というのは、もともとは、土地や場所、建物などの名前に、その地に所縁のある人の名前を付して呼ぶことを言う。たとえば「間宮海峡」、「クック岬」、「サンドイッチ諸島」(かつてハワイ諸島を、キャプテン・クックが発見した際、時の海軍の責任者がサンドイッチ伯爵であったために、そう呼ばれた)などがそれに当たる。それが科学の世界では、褒賞の意味をもって利用されるようになった。「これは皆で使える大事な発見である、それを発見し、あるいは定式化してくれたことに、感謝しよう」という意味合いを籠めて、「マクスウェルの」電磁方程式、「ボーアの」相補性原理などと言われるようになった。そこには、同僚からの敬意と謝意が存在する。M・プランクは、量子力学の「プランク定数」を、生涯その名では呼ばなかった、という逸話が伝えられている。自分に敬意や謝意を表するのは、かれの人柄が許さなかったのだろう。しかし、研究者にとって、エポニムをもって遇されるような仕事を達成することは、××賞を頂くよりも、本来は嬉しいことだったに違いない。

いや、それよりも何よりも、自然の神秘の一端に、自ら初めて触れることができた、というだけで、研究者の冥利は尽きると言うべきなのかもしれない。孤高の生化学者E・シャルガフは、仮令小さくとも、そうした際に背筋を滑り降りる感動の戦慄を経験したことのない人は、研究者ではない、と断言している。その感動こそが、研究者にとって、最大の褒賞であり、成果であるとすれば、それはおよそ「競争」とは無縁のところにある。

競争そのものが本来的に悪いと言いたいのではない。人間の向上の動機の一つとして、競争が重要なものであることには間違いがない。もっとも、その際の競争相手は、必ずしも「他者」ではない。むしろ、自身のなかにある、現状に満足する心、「まあいいか」と自分を納得させてしまう心、そうした心と競争する向上の思いを忘れては、人間は、退廃への途を辿るだけになってしまう。背伸びは悪いことのように言われるが、スノブも含めて、「より高い」何ものかを目指すことは、人間にとって不可欠の動機であろう。

しかし、競争原理の名の下で、自分を潤色し、他者をだしぬき、あるいは他者に正当な敬意を払わない、などの「戦略」を研究活動に持ち込む人々が、少なからず存在する現在の科学のフロントは、本来の科学の姿から離れてしまったと言わざるを得ないのである。

ほとんど蛇足のようなことを付け加えよう。すでに述べたように、大学という研究機関のなかには、研究成果を豊かに上げている人と、そうでない人とが共存する。その両極端を比べれば、如何にも不当、非合理という思いを誰しも抱くだろう。しかし、いかなる組織といえども、その組織人のすべてが、最良の成果を上げる、などということはあり得ない。仮に、そこに現れる最低の層を切り捨てても、残る人々の間で、再び、ある種の分布曲線の下での分離層が生まれることも、よく知られている。私たちは、あまりに短絡的に「競争」原理でことが片付くと考えるべきではないのである。

二十一世紀の大学教養教育

一九九一年のいわゆる「大綱化」以来、日本の大学の教養教育は、多くの場合、縮小・軽視の方向に進んでいる。後に述べるように、大綱化の真意がそこにはなかったと私は信じているが、しかし、現実は、結局、教養教育不要論の方向に向かっている。

理由はいくつかある。いまさら数え上げることもないかもしれないが、一つには、学問の「進歩」とともに、どの専門分野でも、教えなければならない知識が増大しており、そのため、できるだけ早い時期から専門教育を教えたい、専門とは一見関係のないようなものに費やす時間はない、という判断が、教師の間にも、あるいは学生の間にも拡がっている。

他方、大学に新しい知的体験を求めて入学してきた学生たちにとって、いわゆる教養課程の教科内容が、必ずしもその期待に応えるものになっていない、あるいは、少なくとも学生たちには、そう受け取られてしまう、ということからくる不満足感がある。この不満足感を解消するために、教養科目が削られていく。

さらに大学における語学教育が英語に偏る傾向が強く、教師の間でさえ、英語さえ満足にマスターできない学生に、第二外国語を教えることなど無意味だ、と考える人々が多い。この傾向はとりわけ理工学部では著しい。

教養教育を担当する大学教師たちのなかに、こうしたいくつかの深刻な問題があることに気づかず、あるいは敢えて無視して、旧態依然たる講義を繰り返してきたという事例がなかったとは言えないだろう。その意味で教養教育に改善すべき点が多々あることも承知している。しかし、そのことから、教養教育はもはや大学では無用の長物である、と結論することはできない。むしろ今後ますます重要性が増すと私は考えている。その理由を示しながら、二十一世紀の大学において、教養教育とはどのような役割を果たすものとなるべきなのか、という点に関して、いくつかの私見を述べてみたい。

大学の個性

大学生き残り時代などともいわれるようになった。十八歳人口の減少によって、大学過剰になるのは目に見えている。社会人のリカレント教育もふくめて、大学が自らの個性を明確に打ち出す必要がますます大きくなっている。

その反面、多くの大学は大規模化し、多数の学部、学科を抱え込んだ総合大学の形をとるようになっている。しかし、ここには制度の面、内容の面、双方に「個性化」を妨げる要因が内包されていると考えられる。

制度の面というのはこうである。一般にカリキュラム編成は学部自治に任されている。さらに各専門領域のそれは学科自治ということになっている。各専門領域は自分たちの研究・教育目標さえ達成できればよい、という原則に従って、カリキュラムをつくり、講義や演習を提供する。このようなボトムアップ方式では、大学全体としての教育理念や理想がそうしたカリキュラム編成に反映される余地は非常に少ない。あるいは、他学部・他学科との連携や協力さえもなかなか難しいことになる。大学としては、学部がある以上、その内部に関しては遺漏のないように求めるのが関の山である。こうした点は、個性的なカリキュラム編成を極端に困難にしている。どの大学の理工学部、文学部も、かわりばえのしないカリキュラムである。

内容の面ではどうか。人文・社会系はまだしも、理工学系では、教えなければならない教科内容というのはほとんど決まっている。もちろん教える教員の個性はあるが、量子力学を学生に理解させようとするとき、理解させなければならない内容は、A大学であろうが、B大学であろうが、同じである。このことは、A大学の理学部物理学科の卒業生も、B大学理学部物理学科の卒業生も、専門領域で学んだことは「同じ」であることを意味する。またそれでなければ困るだろう。初等・中等教育の「指導要綱」ほどではないにしても、要求される標準的知識は自ずから定まっており、知識の内容にあまりに偏りがあっては問題であろう。

しかし、それでは一体A大学卒業とB大学卒業とを区別するものは何なのか（「世評」というような漠然としたレッテルはこの際問わないことにしよう）。言い換えれば、個々の大学の教育理念や建学の理想などは、つまりは個々の大学の「個性」は、どこに反映される機会があるのか。それが個々の専門領域の教育にないことは、上の点で明らかであろう。

一つの大学が、そこに在籍して学んだ学生たちにどのような人間になってもらいたいのか、その大学の卒業生であるためには、学生たちはどのような能力を実証しなければならないのか。そのことをはっきりと打ち出せるのは、教養教育においてしかあり得ないのである。いわゆる「大綱化」というのも、まさしく教養教育の編成に関する大学の自由度を大きくすることによって、教養教育を通じて個々の大学が個性的な教育理念を発揮しやすくすることを目的として行われたことだったと私は信じている。

その点を考えるとき、今後二十一世紀に入って、個々の大学は、どのような教養教育を構築するのか、というところに、多大の精力を傾けなければならなくなるはずである。

学生の多様化

一方、先にも述べたように、十八歳人口の減少とともに、大学は社会人のリカレント教育にも必然的に目を向けるようになった。その結果、大学に在籍する学生たちの多様化が始まっている。その傾向は今後も増大するだろう。多様化は、単に年齢層というのみに止まらない。学生が大学に在籍するまでの人生経験や知識の背景なども著しく多様化するはずである。

逆に言えば、これまでの大学では、きわめて均質化された学生たちだけが在籍していたことになる。彼らの家庭環境、「お受験」以来の教育環境、学んだ知識、その学び方、およそそうした何もかもが、同じであり、均質である。そうした標準化された環境のなかで、偏差値という差だけで差別化された学生集団が、各大学に送り込まれているのが一般的な現状である。

しかし、今後の社会情勢の変化は、否応なく、こうしたホモジニアスな「学生層」を壊す方向に働くはずである。

その兆候は、医学部のようなところにまですでに顕著に現れている。大阪大学医学部では、かねてから学士入学を認めてきたが、平成十年度からは群馬大学医学部など、学士入学制度を取り入れる医科大学が増え始めた。競争率は非常に高いが、それは需要が十分にあることを物語っている。十八歳人口のなかの特に偏差値の高い部分が、そしてそれのみが、医学進学課程に送り込まれてくる、という時代は終わろうとしている。これは通常の医科大学のメディカル・スクール化という現象（それはそれで別に論じなければならない問題なのだが）とも関係していることは事実だが、大学生の「ヘテロ化」という視点からだけでも興味ある事実である。

教師の側から見れば、また単に教育の能率という面だけを捉えれば、これまでのような均質化された学生を相手にしているほうが、はるかに楽でやりやすいのは事実である。ヘテロ化した学生集団を前にすると、彼らにどのような予備知識があるのか、あるいはないのか、何をどこまで言えば理解して貰えるのか、いつも手探りで、確かめつつ、講義を進めなければならない。それは教師に緊張を強い、講義や演習に関して、内容的にも手法の上でもルーティン化を許さないことになる。しかし、ある意味では、そうあって当然なのであって、むしろこれまでのような状態こそが異常であったと考えるべきであろう。

また、学生の立場に立っても、自分の周囲の人間があらゆる点でヘテロであることは、非常に刺激的である。学問に対する姿勢、インセンティヴ、背景的な世界などが異なるという状況は、コミュニケーションなどを通じての人間関係一つを取り上げても、すでにそこは初等・中等教育では出会えなかった一つの成熟した「社会」であって、そこで得られる体験はその後の人生に大きな影響を与えるだろう。

そうしたなかでの教養教育は、やはり従来通りの安易な考え方を許さない問題をはらんでいる。

例えば、社会一般の広い知識ということでなら、すでに社会のなかである程度のキャリアを積んできた学生たちは、断片的かもしれないにせよ、かなりの蓄積をもっている。しかも、専門的で先端的な学問を学びたいというインセンティブは、十八歳入学の学生よりもはるかに強い場合が多い。彼らがすでに学士をもっている場合には、かつて学んだ教養科目の単位が振替えで認められる場合が多いから、制度的には、彼らは教養教育を新たに受けないでよい場合もあるだろう。しかし、すでに述べてきた、教養教育の特性、つまり大学の個性を反映したものとしての教養教育という点から見れば、そうした学生に対しても、働きかける力をもち、実際にかれらにもとってみようという意欲を起こさせるような教養教育でなければなるまい。そのような学生をも満足させる「教養教育」とはどのようなものであり得るだろうか。

全体的視野の養成のために

とは言っても、依然として十八歳が大学新入生の相当部分を占めることは変わるまい。そして社会人が大学に入学してくる場合とは違って、彼らの大半は自分の将来のキャリアをどのように定めるべきか、明確なイメージをもっていない。そうした学生に、その段階から特定の専門領域の知識を詰め込むことは、学生の立場からも、社会全体の立場からも、決して得策とは言えない。

このようなジレンマのなかで教養教育が目指すべき目標とは何か。

目新しいことではないが、教養教育の第一の目的が、学生が専門を定めることを遅らせる(later specialization)、というところにあることは変わらないだろう。多くの領域の可能性に接することのなかから、学生たちは自らの年齢的・知的成熟に伴って、自らの進むべき途を選択することができるようになる。それを期待するのが教養教育の本質である。

ここでの「選択」のなかには、自分に関心のもてる専門領域を発見して、アカデミック・キャリアに進む選択肢から、一般の社会で活躍するために身につけておくべき専門的知識として特定の専門領域を選ぶというような場合まで、多岐にわたるだろう。

しかし、同時に期待されているのは、そうした経過を通じて学生が知的・人間的な成熟を獲得することである。先に触れたメディカル・スクールの例でも、アメリカではいわゆるリベラルアーツ・カレッジを卒業して、それなりに成熟した学生が初めて進学するというのが通例であることを思い起こしておきたい。医師になるということが、それだけの人間的・知的成熟の後で初めて選択されるべきだ、という原則がそこに読みとれるが、この点は、何も医師だけには限るまい。技術者になるにしても、あるいは国際機関で働くにしても、さらには国内の金融機関で働く場合でも、その進路は学生のそのような人間的・知的成熟を待って選択されるべきものではなかろうか。

もう一つの目的は、健康な常識を備えた市民として行動できるためのリテラシーを学生のなかに養成することだろう。専門に埋没することなく、常にその上に頭を上げ、複数のスタンスに立って、多様な問題を受けとめ、理解し、吟味し、判断することのできるような資質を、学生たちのなかに育てること、それが教養教育に期待されることがらだろう。

もっともこのことは、理論的には、専門教育のなかでも決して不可能ではない。つまり、英語で言う〈across the curriculum〉、特定の教科を立てるのではなく、大学におけるすべての教科、すべての講義において、その精神を教師が学生たちに伝える、という方式でも、実現不可能ではないだろう。しかしそのためには、教師一人ひとりの強い自覚と問題意識が必要であり、大綱化以来主として専門領域の教師たちの手で、教養教育がなし崩しにされている、という現実を考え合わせると、事実上はそれを専門教育全般の中に期待することはほとんど不可能と思われる。

科学・技術の実例

現在、高等学校では理系と文系という安易な分け方に従って、すでに生徒たちの差別化が行われている。十八歳にしてすでに、理系の学問はさっぱりわからない、文系の学問はまるで縁がない、という生徒たちなのである。しかもいずれ彼らがさらされる現実の社会は、理系、文系の区別の蔭に隠れられるような状況にはない。文系の卒業生にも否応なくコンピュータの処理能力は要求されるし、プロジェクトの技術評価を担わなければならない事態にも直面する。

理系だからといって、自分の研究の結果が、一般の社会、産業、経済、軍事、あるいは生活一般などにどのような影響があるか、という点に全く無理解であることは許されない。

このように考えてみると、大学における理系・文系の区別が、現実からは乖離しているという厳然たる一面が指摘できる。他方で、とりわけ理工系の学問では、専門化は止まるところを知らない。

このような矛盾し合う状況に対処し得るのは、教養教育以外にはあり得ないと私は考えている。

大学で学ぶことの一つのメリットは「十八プラスX」年の間に培われてきた、学生のなかにある「理系」とか「文系」とか言われる安易なカテゴリゼーションを壊してやることである。いままでの体験の中で牢固として組み上げられてしまった物理学とはこういうものだ、哲学とはこういうものだ、という学生たちの固定観念に揺さぶりをかけ、あるいは高等学校までに教え込まれてきた「歴史」なるものが単に「一つの」歴史であるに過ぎないかもしれないという疑いを学生たちのなかに生み出す、一言で言ってしまえば、学生たちの頭と身体とをリシャッフルすること、それこそが教養教育の具体的な機能だろう。

その機能が効果的に発揮されれば、理系の学生たちを文系の学問や知的意味の理解へと向かわせることができるし、あるいはその逆も可能になろう。文系の学生が卒業時には数学基礎論を将来の途として選ぼうとすることも起こるだろうし、物理学しか選択肢はあり得ないと思って入学した学生が経済学に途を開かれるということも起こるだろう。およそつまらないと見向きもしなかった歴史学に将来を賭けようとする学生も現れるかもしれない。

あるいは法律を学び、その知識を活かした社会での活動をしながら、科学・技術の特許を専門に扱える人材になることも、歴史を学んだ学生が科学・技術行政に手腕を発揮するということも容易になるかもしれない。

それを実現するためには、教養教育の科目は、できるだけ入り口を多様にする必要が生じる。つまり、形成された固定観念を携えて臨んでいる学生たちに対して、それぞれの固定観念の導くままの偏向を差し当たりは尊重し、そこで関心のある入り口を用意する。「理系」的(と思いこんでいる)学生、「文系」的(と思いこんでいる)学生、それぞれに入りやすい入り口を用意する。そして、そのコースの出口では、一体「理系」とは何だったのか、「文系」とは何だったのか、あるいは理学とは、工学とは、哲学とは、歴史とは、何だったのか、という疑問を学生のなかに生みだし、そしてそれらの疑問への回答を自らの手で見つけだすための準備を育てる。そんなコースが用意されることが望ましい。

例えば、アメリカの大学ですっかり制度化されたリベラル・アーツ教育の柱としてのSTS(Science, Technology and Society あるいは Science, Technology Studies)は、典型的にそうした機能を狙ったものと言えるだろう。コアになるものとしての科学・技術の歴史、科学・技術の哲学、科学・技術の社会学などのほかは、実に多様な「テーマ」ないし「トピック」が用意されている。「宗教と科学」「ジェンダーと科学・技術」「戦争と科学・技術」「植民地と科学・技術」「医療と科学・技術」などのテーマのもとに、数多くの講義と演習、フィールドワークなどが指定されている。例えば宗教への社会学的関心をもつ学生、あるいは植民地政策への関心を抱く学生、あるいは自ら分子生物学を学ぼうとしている学生たちが、それぞれの問題関心にしたがって、これらのテーマの一つを入り口とする。そしてコースを終わったときには、学生一人ひとりの固定観念に多少とも揺らぎを生じ、あるいは、彼らが個別的にもっていた依存の理解を超えた、科学・技術に関する全体的な視野が得られている。そうしたことが期待されて、カリキュラム編成が行われ、それなりの成果を挙げつつある。

もちろん、ＳＴＳが理想の教養教育であるなどというつもりはない。しかもそれは科学・技術を主たる対象としたものであって、対象を変えれば自ずから手法や形式も変わるだろう。ただ教養教育の精神は、こういうところにあって欲しい、と私は思う。

おわりに

これまでに述べたことが多少とも妥当であるならば、将来に期待される教養教育の一つのイメージをおおよそ次のように纏《まと》めることができるだろう。

それは入り口の多様化と目標の明確化という性格を備えた教養教育ではなかろうか。もう一度自分の専門性に引き寄せて言えば、科学・技術について、上のような目標を立てたときに、入り口は何でもよい、ということになる。工夫さえすれば、軍事、平和、ジェンダー、政治、製品の製造、販売、法律……、どのような関心からでも、現在の科学・技術に関する総括的な理解と、知的関心の育成に到るチャンネルは用意できる。それならば、十八歳入学の学生にも、あるいは別のキャリアを辿ってきた学生にも、何らかのインパクトを与え得るし、彼らの状況に応じた「知的成熟」をも期待することができると信じる。そうした教養教育を提供するためにどのような工夫を凝らすか、そこが大学の腕の見せどころになり、それこそが、大学の個性になるだろう。極言すれば、私は二十一世紀の大学において、アンダーグラデュエイトの教育のすべてがそうした性格のものであってよい、とさえ思っている。

大学の将来

近代的大学の成立

十二世紀ヨーロッパに大学という組織が誕生して以来、各地での独自性はあるものの、交通も、情報の交流も、今ほどスムーズではなかった時代としては驚くほど、普遍的な社会制度として発展を遂げてきた。その歴史のなかで最も大きな転機は、十九世紀ドイツ語圏に起こった近代的大学の創設だろう。中世的大学の沈滞のなかから、新たな「学問の府」としての大学の再生を目指した試みが、ベルリン大学に結集されたことが、その象徴的な実例である。

しかし、同時に、十九世紀ヨーロッパでは、十七世紀まで、キリスト教神学の枠組みに基礎づけられた、大きな知的体系として展開されてきた「哲学」が、十八世紀啓蒙主義によって解体され、改めて学問の再編成が必要になったとき、かつての有機的な「哲学」は、個別の科学へとシフトする運命にあった。最初に人間に関わる領域を扱う「文化学」と、自然現象を扱う「自然学」が区別され、それぞれのなかで、前者では「社会学」、「文化人類学」など、後者では「植物学」、「動物学」、「地質学」、「物理学」などが、相次いで分化・自立することになった。

近代的な大学は、学問の世界で起こったこの革命的な現象を忠実に反映した形で組織化された。具体的には、学部・学科制度がそれである。ヨーロッパの大学で、伝統的な法学校、医学校は、「法学部」、「医学部」に改編され、新たに「理学部」に相当する組織も一八七〇年代には出現した。そして大学は、ひたすら教師も学生も、高度な学識を追求する、孤独な個人として位置づけられた（Wissenschaftsideologie などと呼ばれる）。言うまでもなく、明治維新後の明治十年に誕生した日本で最初の近代的な大学である東京大学も、そうした理念と組織構造を備えることになった。

こうした動きから、やや取り残された感のあったアメリカの大学（植民地時代に、ミッショナリーが創設した私立大学）は、高度な学問の追求は大学院で、という構想を打ち出し、ジョンズ・ホプキンズ大学のようなものが生まれる一方で、大学は、成熟したエリート市民を造り出す場として、位置づけられたと、概ねは考えてよいだろう。成熟したエリート市民のための基礎教育は、ヨーロッパにおいては専ら、特別の中等教育（ドイツ語圏における「ギムナジウム」や、フランスにおける「リセ」など）が担うことになった。

戦前の日本は、明治以降、ヨーロッパ型の大学観を取り入れていたから、必然的に中等教育にも、同じ課題が課せられた。旧制の中等学校、高等学校は、大学の予備門的な存在であると同時に、高度な学問を目指すエリートの、人間としての人格的成熟を果たす場所と見なされたからである。

戦後日本の大学

事態は第二次世界大戦後に一変する。占領軍の中心であったアメリカの指導の下で、学制はアメリカ流に改編されることになった。私見によれば、ここで大きな錯誤が生じた。それは、その改革のなかで、大学の学部・学科制度が温存されたことである。大学の理念はアメリカ風に、しかし、組織構造は旧来の「ヴィッセンシャフト（W）・イデオロギー」のままで、という木に竹を接いだような状況が生じたからである。とくに、植民地にあった二大学の消滅で、七つになった国立大学に対して、各都道府県に少なくとも一つ以上の国立大学を設置する、という新しい方針は、必ずしも「W・イデオロギー」に見合うものではなかったし、しかも、新設の大学も、「W・イデオロギー」の結晶である学部・学科制度を踏襲した。

つまり大学は、人間としての人格的成熟を目指すという目標と、「W・イデオロギー」を実践するという目標とを、同時に果たさなければならない義務を負ったのであった。現在私たちが抱えている大学問題の最も重要な基礎は、ここにあると私は考えている。

その矛盾（敢えて「矛盾」と呼ぶが）の間を糊塗するために、多くの大学（必ずしも国立大学だけではない）で「教養部」が誕生した。教養部とは、大学初年度と二年次を使って、「一般教育科目」（名称は「一般教養科目」あるいは「共通科目」など、幾つかあるようだが）を提供する教師を組織化したものである。入学試験も含めて、当初は理科系の学生も、文科系の学生も、人文・社会・自然の三系列の教科を万弁なく履修することが定められ、それらを「一般教育科目」と呼んだわけである。しかし、この教養部制度には、幾つかの根本的欠陥があった。

一つには、国立大学では、学部・学科単位で学生数が定位されるために、教養部には学生定員が付かないのである。他の学部から捻出された予算を学内処置で、配分するほかはなかった。第二には、一般教育科目を担当する教員と、同じ教科担当でありながら、学部・学科所属の教員との間の、有形・無形の格差が生じがちなことであった。この格差感は教員間にも、また学生間にも存在したものである。一九九一年に文部（科学）省が「大綱化」と言われる処置を発表したために、この不安定な教養部という組織は、ほとんどの国立大学系において、完全に廃棄されることになった。東京医科歯科大学を除くすべての国立大学系で、教養部は新学部へと拡充改組されたからである。

私立大学では、すでに、入試科目における教科の絞り込みが進んでいた。文科系の受験生へは、入試科目から理科系を外す、理科系の受験生には、人文・社会系の科目を外すことによって、応募者の拡大を図ったからである。「私大文系」という受験コースの存在が、そのことを如実に物語っている。その結果、高等学校二年次以降、大学を卒業するまで、理工系の学問に一切接することなく済ませ、社会に送り出される人々が、社会のマジョリティとなるという事態が発生したのであった。同時に、理工系の人材は、人間の本性や社会の仕組みなどを考えさせる機会に一度も接することなく、キャリアを造ることが当たり前になってしまった。

科学・技術の問題が、かつてのように、専門家の間で解決されるものであると判断できる間は、それでもよかった。しかし、現代では、科学・技術が、経済や外交などの政治的課題と直接結びつくようになっており、とくに、そうした領域の訓練に程遠い理工系の人間の判断が優先する理由は、存在しなくなっている。また問題が政治化すればするほど、そこに関与する利益関係者は多様になり、一般の生活者もまた、重要な関与者となる。そうしたなかで、科学・技術絡みの社会的・政治的課題の意志決定には、一般の生活者をも組み込んだ制度が求められることになっている。

しかし、先に見たような、文系のキャリア・コースを辿った人々は、およそ、関与者として意志決定に参画する資格を欠いていると言わざるを得ない。この欠陥は大学教育で補うほかはあるまい。こうした点を考え合わせると、大学の将来像に多少の明確さが見えてくる。

リベラル・アーツへの途

第一に、現代日本において、大学への進学率は五〇パーセントを超えて六〇パーセントに近づきつつある。しかし、この数値は、世界的に見れば、決して突出しているわけではないし、オーストラリア、ニュージーランド、あるいはロシア、さらには韓国と比べても、むしろまだ格段に低い。さらに十八歳人口以外の入学者は世界的にみても極端に少ない、という点を、統計は教えてくれる。そのことは、大学の卒業生のほとんどが、卒業と同時に初めて社会に本格的にコミットする、ということである。もちろん多くの大学は、いわゆるユニバーサル・アクセス（希望するすべての人々が、望めば大学に入学できる状態）を目指し、あるいは生涯教育を目指して、改革に取り組んでいるけれども、当分は、この状態が劇的に変化することは考えられない。その点を前提にすると、現在の日本の大学は、確かに「社会人予備門」とでも言うべき機関であることになろう。

そのことから判断すると、現在、企業などからばかりでなく、中教審や文部科学省などからも、大学における「就業力」教育の強化が求められているのは、やむを得ないところがある。大学が、およそ社会のなかでは直接役に立たないように思われるような、学問の世界を極めようとする想いを失っては、大学の失格であることは間違いない。しかし、進学率の漸増現象と、先に述べた「社会人予備門」の要素を考慮に加えると、社会人としての基礎的な素養を学生たちに身につけさせることの重要性は、そのことによって弱められるわけではないことも、大学人として認めざるを得ないのである。

そうだとすれば、解は比較的簡単に見えてくる。それは、大学を教養教育の場として改めて位置づけることである。「教養」という日本語に最も相応しいヨーロッパ語は、ドイツ語の〈Bildung〉ではないか。英語の〈building〉とも同根のこの語は、「自分を造り上げること」が原意であろう。〈Bildungsroman〉と言えば、トーマス・マンの『魔の山』のように、一人の若者が、成熟した人格をもって社会に足を踏み入れていくまでの経過を辿った小説のことだろう。

それならば、まさにそれこそが、「社会人予備門」の行うべき仕事なのではなかろうか。無論、そこでは、エントリーシートの書き方のようなことが重要なのではない（こっそり付け加えれば、実は、それも今の学生たちには必要な、社会への手引きの一つなのだが）。自らが、自らの力で、自らの将来を切り開いていくことができるだけの、基礎的な素養を培うためには、実利を離れた学問の可能性も含めて、様々な選択肢のなかに身を置きつつ、考える時間と場が必要であり、その時間・空間こそ、学生に与えられた大学における四年間なのではないか。

十八歳の時点で、将来の途を思い定めている生徒ももちろんいるに違いない。しかし、相当数の生徒は、漠然たる未来を前に、不安と宙づり感のなかに置かれている。将来をすでに決めている学生には、広く視野を広げることによって、思い定めている途が、どのような様々な有機的なネットワークのなかにあるかを、着実に学ぶ機会を与える。不安定な状態にある学生には、豊富な可能性が示され、かつ実地に体験することを通じて、自分のなかの新しい可能性を見出したり、未知の領域への目を開かれたりする。そのような場としてこそ、これからの多くの大学が働くべき余地があるのではないか。

私が学生だった東京大学教養学部のスローガンは〈later specialization〉であった。〈late〉が比較級であることに注意を払ってほしい。「他人よりも遅く」の意が籠められている。それは焦りに似た感情を惹き起すこともないではなかったが、しかし、充分な人間形成のなかから、将来の途を探し当てる時間と場所を授かったという想いは、そのような感情を消し去るだけの効果を持っていたように思う。じっくりと腰を据えて、諸々の学問の香気にも浸りながら、しかし現実社会から目を逸らさずに、自分を少しずつ鍛えていく。手段や方法は、五十年前の私の時代とは異なるところも多いだろうが、この本質は、今でも通用するのでは、と考えている。

そうした基礎があれば、私大文系の卒業者といえども、科学・技術の絡む問題に直面しても健康な判断力を発揮する素地は造られているはずである。私たちが描くべき大学の将来ヴィジョンとは、そこにしか見えない、というのが、私の率直な判断である。

第Ⅳ部　〈生死〉を見つめて

「死後」のあり方

この原稿を書いているさなか、昨晩一通の訃報が届いた。高等学校時代の同級生で、最も心許した友人の一人、今も現役である大学の副学長、大学院長を務めていたが、その会議を主宰するなか、突然倒れ、そのまま不帰の客となった。数日前、メールで、大学院の制度について、色々問題点をお互いに質し合ったばかり、医師で、典型的な「不養生」組だったが、あらゆる点で私などを遥かに凌駕する能力と知見の持ち主だったのに、亡くなってみると、それらはすべて無になるのか、一晩眠れぬ夜を過ごした。かつて信仰の問題で、何度か話に誘われ、議論を交わしたことも思い出され、今幽明境を異にして、彼はどのような途を歩いているのだろうか。彼の信仰への関心は純粋に知的なものだったから、キリスト教徒である私と同信にはならなかったが、彼の「すべてが無に」なるはずはない、と私は思う。

キリスト教信仰の基本の一つが、復活への希望である。確かにイエスの言動のなかには、地獄への言及があって、この世の行いや信仰の姿によっては、来世に責め苦が待っているような口ぶりの箇所も決して少なくない。

聖書の三つの共観福音書によれば、イエスが伝道を始めたほとんど最初の頃、彼は有名な山上の垂訓を行う。とくに「幸いな人々」を説く部分では、その最初は「心の貧しい人は幸いである、天の国はその人たちのものである」とあり、終わりには、「義のために迫害される人々は幸いである、天の国はその人たちのものである」と結ばれる。ほかにも、兄弟と争うものは「火の地獄に投げ込まれる」とか、姦淫に関する箇所でも、「右の目があなたをつまずかせるなら、抉り出して捨ててしまいなさい、体の一部がなくなっても、全身が地獄に投げ込まれるよりはましである」とも説いている。つまり天国と地獄への言及は少なくないことは確かである。

そうした箇所を土台に、例えばダンテは、『神曲』のなかで、これらを活写する。地獄の描写はもとより「咎もなく栄誉もなく、神に反抗もせず忠誠でもなく」世を送った人々が、地獄の門の辺りで、裸体のまま、虫に刺され、苛まれながら、走り回っている姿を描いて、読者に激しい衝撃を与える。この世に悪行を重ね、不信仰だったものだけではなく、積極的な神への奉仕を怠った「怠惰」あるいは「怯懦」なものは、天国はおろか、地獄にさえ落ち着くことを許されないものとして描かれているわけだ。「世界は彼らの名が記憶に残るのを許さず」とも説かれている。

ダンテの描く天国と地獄の像は、キリスト教信仰に与るものにとって、あるいは、それを批判するものにとっても、一つの具体的な来世のイメージとして、良かれ悪しかれ、定着している感がある。

しかし、イエスは一方で、このような天国や地獄の、真に具体的な姿は、一切示していない、ということにも注目すべきかもしれない。むしろ彼は、天国や地獄を、教訓のなかでの一種の比喩としては頻繁に使うが、最終的に強調するのは、復活への強い信仰であり、かつそれを身を以て実行したのである。天国は、むしろ抽象的な「生命の永遠性」という形で現れる。それは最後の福音書である「ヨハネによる福音書」に最も強調されているが、「永遠の命」という概念として繰り返し描かれている。無論「復活」に関しては、四つの福音書が、文字通り「共観」的に触れている点も見逃せない。

いわゆる使徒信条（「クレド」＝「私は信じる」と呼ばれ、キリスト教徒として何を信じるべきかの箇条を立てたもの）は、時代と場所とによって（とりわけ宗教会議の結果として）少しずつ異同が生じるが、復活への信仰は常に含まれている。しかしそれと同時に、復活の具体的なイメージを得るのは、ある意味では最も難しいことでもある。例えば「マタイによる福音書」は、こんな風にその疑問を表している。

復活はないと言っているサドカイ派の人々が、イエスに近寄って尋ねた。「先生、モーゼは言っています。『ある人が子が無くて死んだ場合、その弟は兄嫁と結婚して、兄の跡継ぎをもうけなければならない』と」

そして七人兄弟が次々にこのモーゼの教えを守った場合に、その女は、「復活のとき、七人のうちの誰の妻になるのでしょうか」と問う。つまりこの世での人間のあり方が、死後復活した際に、どのような形で再現されるのか、という、常識と理性からすれば当然の疑問である。これに対するイエスの答えは次のように書かれている。

「復活の時には、めとることも嫁ぐこともなく、天使のようになるのだ」
（以上の引用は主として「マタイによる福音書」二十二章からである）

しかし、例えば現代カトリックの使徒信条では「体の復活」という箇条が明確に含まれている。このときの「体」とは何なのか。答えを与えることはさらに難しい。
幼くして死んだものは、幼子の体で、老いて死んだものは老いさらばえた体で復活するのか、男は男の体として、女は女の体として、復活するのか。傷を受けて死んだものは、傷とともに復活するのか。イエスの答えは「天使」のようなものとあるが、復活したイエスの体には、十字架上で受けた手の釘跡、あるいはわき腹の傷があったと、「ヨハネによる福音書」には記されているではないか。

小さな詩との出会い

筆者自身、受洗の前には当然そうした疑問を持ったし、受洗の後も、明確な信念をもつことが出来ずに時が流れた。大きな転機は、小さな詩文に出会ったことから生まれた。それは十九世紀イギリスの詩人G・M・ホプキンズの「自然はヘラクレイトスの火、そして復活の慰めについて」という標題の、小さな詩であった。文字通り、偶然の出会いに過ぎなかったが、私はふっと死後のあり方を理解できたような気がした。その詩の終末の部分は以下のように読める。

A beacon, an eternal beam, /Flesh fade, and mortal trash,
Fall to the residuary worm, /world's wildfire, leave but ash,
　In a flash, at a trumpet crash,
I am all at once what Christ is, /since he was what I am, and
This Jack, joke, poor potsherd, /patch, matchwood, immortal diamond,
　Is immortal diamond.

態々《わざわざ》原詩を引用したのは、内容もさることながら、重ねられた子音の効果、頭・脚韻の見事さなどを味わって戴きたいと思ったからだが、問題はもちろん中身である。

光が煌く、永遠のきらめき、肉の身は滅び、塵と化す
蠢く蛆虫へ、世界を焼き尽くす火の前に　灰と化す
　転瞬、　ラッパの響きとともに
突然　私は　キリストの姿となる、キリストが私の姿であったのだから
この取るに足らない、ちっぽけな、土に埋もれた茶碗片、接ぎ当て、マッチ棒に過ぎない
私　それが不滅のダイアモンド
　そう　不滅のダイアモンドなのだ（引用者試訳）

原詩の音韻の結構はまるで写せていない不出来な訳だが、内容は伝わるはずである。人間がこの世にある姿は、種々様々である。現世に多くの徳を積んだ人も、あるいは現世的な栄華を極めた人も、あるいは貧困と悲惨のうちに死んだ人も、神に逆らって生きた人も、およそ千差万別。ベートーヴェンの作品、レオナルドの作品を私たちは「不滅」の価値あるものと考える。それらは確かに歴史の中に残るだろう。だがそれに比べて、自分がこの世でなしたことの何と

貧しく、神に嘉《よみ》されて残るべきものなど何もないではないか。

多くの人は、信仰のあるなしにかかわらず、そんな風に思いながら死に向かうのではないだろうか。しかし、そう思うのも、ある意味では傲慢の一種になるのかもしれない。神（と言いたくなければ、運命とでも、あるいは偶然とでも呼んでよかろうが）によって一旦存在せしめられたこの私は、それだけで、世界の借り方・貸し方の原簿には、不滅なものとして残るのではないか。貸し方を現世で増やしたいとは願うものの、借りと貸しを人間の思惑で判断するのも、間違っているのかもしれない。

先に、ダンテの『神曲』から「世界は彼らの名が記憶に残るのを許さず」という文言を引いた。かつて、ギリシャにヘロストラトスという人物がいた。紀元前四世紀、アルテミスの神殿に放火した彼は、犯人であることを名乗り出て、自分の名が歴史のなかで不滅となることを目的に放火した、と自白した。裁判所は、このため、死刑を宣告するだけでなく、彼の名を裁判記録から抹殺し、また彼の名を口にするものも死刑にする処置をとった。しかし、皮肉なことに、後に何人かの歴史家によって、その名は言及され、今に至っている。英語には〈Herostratic fame〉という表現さえ生まれた。「あらゆる犠牲を払って得た名声」、あるいは「どんな醜行をしてでも名を残そうとすること」の意味である。しかし、ホプキンズ流に考えれば、ヘロストラトスは、放火までして死刑などに、ならなくてよかったことになろう。すべての存在の名は、確かに神の原簿には残されるのだから。

この詩に出会って以降の私は、名を残すことに拘る必要は些《いささ》かもないが、生と死の間に私たちが感じる絶対的な懸隔を埋めるためには、そのように考えるしかないもののように思っている。

死後の世界

「死後の世界」と言っても、ここで取り上げるのは、霊界の話ではない。現在の日本社会で、人が死んだ後、どのように扱われるか、という社会的な問題ということで、御読み戴きたい。

自分のことから始めよう。私は、十八歳のとき五十三歳だった父親を亡くした。父親は医師、十二月三十日の夜、自宅での急死であった。枕元のラジオから、年末恒例の「第九」が流れていた。父の親友の医師、吉田先生（私も折に触れて可愛がってもらっていた）に急遽後始末をお願いした。その間私は動顚していて、涙もでなかったが、吉田先生が「倫ちゃんも、とうとうこうなっちゃったね」（父親は「倫吉」といった）とつぶやいて、はらりと涙を落されたのを見た瞬間、突発的に嗚咽が止らなくなった。

文字通り「後始末」が大変だった。というのも、死亡診断書は、吉田先生に書いていただくことにしたが、死亡時刻が二十時半では、荼毘に付すまでに法的に必要な二十四時間を考えると、正月にかかってしまう。火葬場は松の内は休みという。もう時効だから書けるが、吉田先生にお願いして、死亡時刻を十二時間ほど繰り上げて戴いた。結局大晦日の最後の窯で、荼毘に付すことはできた。遺体であっても生前の面影通りの父親が、骨揚げで、骨だけになって出てきたときの衝撃は、今も心の隅に残っている。骨壺には、埋葬許可書が付される、ということを、その時初めて知った。

時期が時期だったので、奇妙なことが幾つか生まれた。父は当然年賀状をすでに出していた。したがって、関係者は、新年早々、この世にいない人間から、新年を寿ぐ書を受け取ったことになる。父親は、カトリックの洗礼を受けていたので、松が明けてから、葬儀のミサを行ったが、賀状を追っかける形になった葬儀の通知は、出す側としても、いささか躊躇があった。

東京の府中にあるカトリックの共同墓地に、小さな区画を求めて、骨壺はそこに埋葬した。墓というものが、どういう仕組みのものなのか、全く無知だった私は、高等学校三年生のときに、隅から隅まで知ったことになる。

直接の肉親の死は、それからかなり時間が経った平成十一年、これも正月明けの九日に、三歳年上の姉を見送るという形で訪れた。彼女の場合は、消化器系の悪性腫瘍で、余命半年と言われた後、一年半ほど生き延びたので、それなりの準備はできた。最初の手術の間、私は手術室の廊下で待っていたが、一時間ほど経ったころ、ドアが開いてナースが私を呼びにきた。ドクターが見届けて欲しいと言っていると言う。何事かと、白衣をはおり、手をよく洗った上で、手術台まで急行した。術部位は開かれたままで、執刀医の説明によると、骨盤内の大動脈を取り囲むように腫瘍が広がっていて、剥がせと言われれば、やらないことはありませんが、しかし、大出血を起こす可能性が大きく、その際には、現在の生命も保証できません、で、どうしましょうか、という話であった。どうしましょうか、と言われても、これがインフォームド・コンセントというものだな、とは思うものの、おいそれと返事ができるものではない。剥離、切除を試みなければ、と問えば、このまま適当にできることだけやって、余命は半年ほどであろう、とのこと、と言われれば、素人の答えは、ではリスクの少ない方で、と言うのが精いっぱいのところであった。この手術の立ち会いの経験は、もう一度繰り返されるが、それは後に譲る。

思いがけず医師の宣告より一年ほど長く一緒に暮らすことができたが、正月明け、医師から、輸血をすると言われて、その処置を見届けて帰宅して数時間後、急変したという報せに駆けつけたときには、最早生命の灯は消えていた。輸血が急変の引き金になった疑いは消えなかったが、そこで争う意志は自分にはなかった。荼毘に付した後、やはり葬儀ミサを終わって、最も心配したのはその時九十四歳であった母への、逆縁のダメージの大きさであった。

そのこともあり、墓をいじると、次の死の誘い水になるという言い伝えを信じる気はなかったけれど、父の遺骨の眠る墓への姉の納骨を躊躇っている間に時間が過ぎた。別段違法ではないはずだが、未だに納骨を済ませていない。心の片隅には、早晩訪れるであろう母のそれと一緒に、という思いもあったことを告白しておく。

しかし、嬉しい驚きではあったが、母はそれから十年以上、息災に暮らした。というのは、少し潤色がある。八十歳代で、一度大腿骨頭骨折で手術を行い、その時はリハビリも順調（というより、入院中は、麻酔薬、精神安定剤などの影響で、精神的には非常に不安定で、朝四時ごろ、ナースでは手に負えないので、ご家族の方どうか来て下さい、と頼まれたり、そのような事態のなかで、母から殴られることも度重なったけれど）で、自力で歩けたが、九十三歳でもう一度転倒したのちは、家の中を車いすで移動するようになっていた。しかし、精神は概ねクリアで、時に、自分の子ども時代に帰っているとおぼしき時間帯があるくらいであった。その時は、私を、子供のころ、自分を最も可愛がってくれた直ぐ上の兄（「ちいにいちゃん」と呼んでいた）だと思い込むのが常であった。そういうときは、逆らわずに「ちいにいちゃん」になりすますことにしていたが、私の知らない母の子ども時代の話が出てくると、まともに対応できないのがもどかしかった。

母が一〇二歳のとき、私は出張で広島にいたが、電話で呼び戻された。母の具合が悪く、緊急入院した、手術が必要では、という報せだった。病名はイレウス（腸閉塞）。腫瘍などであったら、もう手術は受けさせないつもりだったが、イレウスとなると、放っておけば苦しみ死にするだけである。取りあえず電話で手術を承諾して、飛行機を使って帰京し、急ぎ入院先へ駆けつけると、ちょうど手術が始まった時であった。ここでも、医師の指示というか懇願で、私は白衣に着替えさせられ、三時間かかった手術の最初から最後まで、手術台の傍らで、チームの邪魔にならないように注意しながら、見学する羽目になった。執刀医は一〇センチほど切り取られた腸を、標本板の上に開いてピンで止めて示してくれたが、確かに内部は壊死の様相を呈し、緊急手術が適切な処置であったことをうかがわせた。このときは、術後どうなることかと、前例もあることなので、ひどく心配だったが、驚くほど順調に心身ともに回復して、十日ほどで退院の運びとなった。こうして、私は二度、身内の開腹手術に立ち会う経験をしたことになる。

母はそれから四年間さらに自宅で生き延びた。平成二十三年二月初め、私は大学にいたが、電話で呼び返された。昼食を機嫌よく終え、しばらく昼寝をするからとベッドに入って、半時間ほど経って、お願いしているヘルパーの方が見に行ったときには、もう息がなかったという。私は間に合わなかった。

歳も歳だったし、極寒の時期でもあったので、出席者は最も近い親戚数名だけの、ごく内輪のミサのみで済ませ、勤務先にも公式には届けなかったが、骨揚げをした後、当然父の眠る墓に埋葬すべきところだが、まだその気になれないのと、父の墓が六十年触っていないので、改修が必要では、という思いもあって、自宅には、今二つの肉親の骨壺がある。

今の日本社会では、死後は火葬、そして「お骨」になって骨壺に収まり、それを墓に納める、という習慣が完全に定着している。これほど火葬が普及している国は、世界でも稀だと言われる。もっとも、関東と関西では「骨揚げ」の習慣に差があるという（島田裕巳氏の連載「ニッポンのしきたり」二十四、『本の時間』毎日新聞社、二〇一二年十二月号）。島田氏によると、関西では、「骨揚げ」の際に、頭骨、顎骨など主要なものだけを拾い納めるので、大腿骨などすべてを拾い納める関東に比べて、骨壺は遙かに小さいのだそうである。

それはともかく、家に「お骨」を置いておくことは、違法ではないにしても、社会常識として憚られるので、特に都会では無理をしながら、墓地を買って納骨する習慣も定着したことになる。私自身、今の状態には多少の後ろめたさを感じ続けている。ただ、仏教のお寺でもそうかもしれないが、土地の余裕のない都会では、キリスト教の教会は、教会のなかに骨壺のアパートのような場所を造っているところが多くなった。これも一つの方法として、今後広がりそうである

いずれにしても、一つには「家」という概念が希薄化し、さらに、少子化・核家族化が進展し、ということになると、先祖代々の墓を守る、という意識も陰るだろうし、意識はあっても、実際上それができない、という場合も増えるだろう。

そうした色々な事情から、死後の世界が墓地という場所で平安を得る、という、これまで確立されてきた社会習慣が、少しずつ揺らいでいることも確かである。散骨を望む人も確かに増

えていると言われるし、そうであれば、「お骨」の保存には拘らないという考え方が、将来主流になるのかもしれない。

ここまでは、完全に世俗の領域での「死後の世界」であった。そういう変化や、さらに言えば、これまで定着してきた日本の社会習慣としての「墓」あるいは「お骨」という概念が、果たして宗教の領域に踏み込んだとき、どこまで整合性があり、どこまで整合性が無いか、という問題は、これまで、あまり徹底した議論がなされてこなかったように思われる。もとより仏教は、そうした社会習慣の醸成に深く関わってきたという歴史的な事実はあるが、特にキリスト教において、「お骨」と結びついた「墓」を、どのように考えるべきか、寡聞にして私は、そうした議論をほとんど知らない。

おそらく私は近いうちに、父の墓を改修して、母と姉の骨壺を納骨することになると思うが、どこかで、少し一般的な議論をしてみたい思いもある。

人間と自然との関わり

「自然観」は古くは神話から

人間と自然との関係は、ある共同体や社会の歴史のなかで、自ずから特化するが、そこから形成される「自然観」は、最も古くは、人間及びその環境が、どのように形造られたか、を示す神話によって、特徴付けられる。この世界に存在するあらゆる人間の共同体が、ほぼ例外なく、何らかの「宇宙開闢説」(cosmogony) の神話を伝えてきたのも不思議ではない。その意味で、人間は「浮世根問ひ」の欲求をいわば業としているとも考えられる。いわゆる文明社会の現在でさえ、科学的宇宙論における宇宙誌的説明が人々の心を捉え続けるのも、そうした業の結果と見ることができるかもしれない。筆者に与えられた役目は、日本と欧米の自然観の比較を考えてみることであるが、ここでは、そうした人間の「浮世根問ひ」の欲求に応える神話を手掛かりに、その作業を進めることにしたい。

日本の神話――『古事記』の国産み

言うまでもなく、日本の宇宙開闢説を担うのは『古事記』である。『古事記』の冒頭は、「天地の初めてひらけしとき」で始まるが、最初に五柱の神が次々に「成る」と記されている。これらはいずれも名前は与えられているが、「成った」後、何事もなく「身を隠し」給うことになる。さらに二柱の神も同じ運命を辿り、その後、男神、女神が代わる代わる八柱「成る」が、これらも名を与えられてはいるものの、何かをなした、という記録はないままに終わる。そして、その後に、ようやく伊邪那岐《いざなぎ》と伊邪那美《いざなみ》という男神・女神のペアが現れる。このペアは、クラゲのように頼りなく漂って、混沌としている「国を固め成せ」、という命令を天つ神から受ける。その役割を達成するために、両神は媾合《まぐわひ》を行うが、結果は「水蛭子」が産まれたのみであった。月足らずで流産をした、という趣きであろうか。次に生まれた子も、まともには成らなかった。

両神は困惑して、天つ神にお伺いを立てる。実はこれに先立ち両神の間で、求婚のやり取りがあったのだが、初めに声をかけたのが女神である伊邪那美であったのが「良からず」ということで、更《あらた》めて男神である伊邪那岐から声をかけ直す儀式を行うことになる。この「正しい」求婚の儀式の後で行われた性行為によってようやく、先ずは四国、次に九州、そして最終的には「大八島国」が生まれた、とされる。

ここでは、二つのことに注目しておきたい。一つは、何の前提もなく、立ち代り現れる神々の上位に、天つ神という存在が認められていることである。それは、後に比較する欧米の、というよりはユダヤ教の「神」の如くでさえある。しかし、第二には、その上位神である「天つ神」は、伊邪那岐・伊邪那美の両神に、「国産み」の一切を委ねて、自らは手を下さないことである。

その結果、開かれたこの世界（『古事記』では、これら国産みのエピソードのほとんど直後に、「黄泉の国」の話が語られる）は、性行為の結果であって、文字通り両神の「子供」である。

このように、我々の生きる世界、あるいは自然が、生殖を土台にして発生した、とする神話は、むしろ一般的であって、それは無から何かが生じることが、通常考え難いことからすれば、自然なことがらと考えられる。そして、この『古事記』の記事でも判る通り、「産み・産まれる」という関係のなかでは、「産んだもの」の思惑が、そのまま「産まれたもの」に顕現することはあり得ない。もっとしっかりした「子供」を産みたいという両神の思惑が、当初は外れたのも、あるいはどのような国を設計するのか、という予めの設計図もないままに、性行為を重ねる両神の態度にも、そのことは鮮明である。

欧米の神話──『旧約聖書』の世界創造

ヨーロッパの神話と言えば、現在はアイルランドの一部に残るケルト文化の神話、あるいは北欧の地域に残る神話などが、本来のものであろうが、そうした種類の物語は、ときにヨーロッパ文化の潜在的な伝統として姿を現すことがあるにせよ、歴史的に大きな影響を示したとは言い難い。キリスト教を導入した結果、歴史の中に伝統としての地位を占めるのは、キリスト教の経典としても「旧約」として尊重されているユダヤ教経典がもつ、世界創造の神話であろう。

「世界創造」の物語は、主として『旧約聖書』の最初の巻である「創世記」の、特に第一章、第二章に掲げられている。その冒頭は、『古事記』の冒頭にも似て、混沌とした闇が出発点とされる。ちょうど『古事記』における「天つ神」のように、何の前提もなく登場した「神」が、「光あれ」と言うと、たちまち光が満ちて、ここに闇と光の区別が生じる。翌日神は「大空あれ」と命じる。すると水の中に大空が現れ、水との区分が生まれる。その翌日には、神は「水よ、一所に集まれ」と命じ、そのようになった。つまり天と大地と海とが分かれたのである。このようにして、六日間神は命じ続け、その命令は悉《ことごと》く成就したのである。

ここでは、神の命令は、すべて、その通りに実現する。そして、神は一つ一つの結果を見て、それを「良し」とする。つまり自分の思い通りのことが実現していくことを確かめていることになる。『古事記』における上位神である「天つ神」との違いは、明瞭だろう。ここでは、神は明確な意図に基づき、予めの設計図を持ち、それを実現するために、順序立てて行動している。

世界は、自然は、神の意図に基づいて創造されたもの、つまり被造物である。そうだとすれば、「造られたもの」には、「造ったもの」の設計が、刻印されているはずである。機械の内部を調べれば、何故そこに歯車があるのか、何故こちらには導力ベルトがあるのか、何故あそこにはエンジンがあるのか、理解可能である。それと同じことで、被造物を解析することは、そのまま、創造者である神の意図、神の設計を理解することに繋がる。

ヨーロッパ語の「法」、例えば英語の〈law〉は、自然法則にも、人間社会の法律にも使える語だが、もともとは「整えられたもの」という意味を持つ。つまり「受動態」に由来する語である。受動態であれば、当然能動者が前提とされている。その能動者は神である。自然界を、そして同時に人間界を、秩序正しく整えているのは神にほかならない。それが「法」なのである。

もう一つ重要な論点がある。「創世記」第一章の終わり近く、神が人間を造る件《くだり》があるが、そこで、「われわれに似せて人を造ろう」と言う。また、第二章でも、人間の創造が語られる個所があるが、そこでは神は、自分の息吹を人間に吹き込んでいる。このような造られ方をした被造物は、ほかにない。つまり人間は、他の被造物よりも、神の属性をより多く分け与えられた存在なのである。この人間中心主義（anthropocentrism）は、しばしばヨーロッパの内外から批判を浴びてきているが、しかし、その意味では、神の意図や設計や計画を、自然のなかから読み取る能力を与えられているのは人間だけである、という考え方がここに生まれるのは、自然なことであろう。

人間が自然界の秩序を探究し、追求する姿勢の基礎は、まさしくここにあると考えられる。ヨーロッパに自然科学の体系的な成立を見るのは、こうした観点からすれば、当然のことになる。

人間中心主義への批判

ところで、現在では、欧米の文化圏のなかからも、こうした人間中心主義に対する再考の声が多く聞かれる、ここではアメリカの科学史研究者リン・ホワイト・ジュニアの所説を聞いてみよう（青木靖三訳『機械と神』みすず書房）。ホワイトは「現代の生態学的危機の歴史的源泉」という論考（上掲書所収）のなかで、キリスト教こそが、その責めを負うべきであると力説する。とくに彼は、「創世記」の人間創造の件を重視する。神は人間を創造した後で、他の被造物の「すべてを支配せよ」と述べていると聖書は語っているからである。つまり人間は、自然界を支配する権利を神から与えられた、という確信を、キリスト教は人々に植え付けた。その結果が、現代のような、人間の手による、恣《ほしいまま》な自然収奪の事態を招いたのだ。

このホワイトの所論には賛否両論が激しく、ここで細かにそれらを論じている余裕はない。しかし、こうした自己反省が、欧米の一部を東洋に向かわせ、東洋の自然観に学ぼうとする姿勢を生み出していることは確かである。

守るべき自然とは一体何か

しかし、ここで指摘される人間中心主義が強力な背景となっていないような文化圏でも、自然破壊は起こってきた。そもそも農耕文化そのものが、すでに自然環境への、人為的な介入であることは間違いがない。また現在環境問題を基礎に、「自然を守ろう」とか「自然に優しい」というスローガンが流行だが、そこで守るべき自然とは一体何なのか。自然に人間が介入することが原理的悪ならば、「自然を守る」ために行われることもすべて悪になってしまう。絶滅危惧種が話題になるが、日本住血吸虫の幼生の宿主であるミヤイリガイは、吸虫症対策の結果、日本からほぼ完全に駆逐されたことを、誰も咎めないし、危惧もしない。トキが絶滅するのは由々しき大事だが、ミヤイリガイは無視されて一向構わないとすれば、そこで守られるべき自然や生態系とは何なのか、という点は、やはりはっきりさせなければなるまい。

つまり、どう言い繕ってみても、人間にとっての都合から、あるいは人間の持つ価値観から完全に自由であるような自然の概念は、あり得ないことを、我々は認めるべきではないのか。むしろユダヤ・キリスト教の神話から、神の被造物はすべて、平等に尊重されるべきである、という、ある意味では極端な自然保護の考え方も派生していることを考え併せると、環境論の根本にどのような自然観を置くか、もう一度論じる必要があるだろう。

恵みの鉛

アメリカで「孤高の詩人」と言われ、日本にも僅かしか紹介されたことのない詩人ロビンソン・ジェファーズに、「傷つきし鷹」(Hurt Hawks) という詩があります。Ⅰ部、Ⅱ部に分かれた少し長い詩ですが、何とも言えない趣を湛えた作品です。背景にある事情はこうです。詩人の息子が傷ついた鷹を家に連れてきます。家族で、餌をやったりしながら介抱します。Ⅰ部は、その有様を、三人称的な視点から描いています。Ⅱ部は、主人公と鷹の内面に踏み込んだ詩文になります。主人公は鷹に餌を与え、次には自由を与えます。しかし、鷹は、その自由を満喫する状態にはなかった、そして主人公の許へ戻ります。最後に主人公は「鉛の贈り物」(lead gift) を与えるのです。タイトルの鷹が何故複数形になっているのか、私には、よく判りません。詩文のなかにも複数形が現れますが、実際の描写になると単数扱い、もしくは三人称単数の代名詞で記述されています。大事な点は、主人公の行為には、我々が忘れがちな「世界を知ろしめす野生の神」〈the wild God of the world〉の手助けをしているかのように読み取れる節があることです。

ところで、Ⅱ部には非常に有名になった次のような一文があります。

I'd sooner, except the penalties, kill a man than a hawk, ……

とんでもない、と怒る方もおられるでしょうか。何しろ散文的に訳せば、「刑罰の問題がなければ、私は、鷹を殺すよりは、人間を殺す方がましだ」というのですから。そして、彼はこの傷ついてなお、誇りを失わない鷹に、「恵みの鉛」〈lead gift〉を施す（つまり、銃弾を撃ち込む）のです。誇り高く、気高く、媚びず、すっくと前を見据える、高貴なる鷹、詩人の魂は、それを讃仰してやまないように思えます。

キリスト教精神から言えば、人間を鷹よりも下に置くとは何事か、ということにもなるでしょう。彼がときに「非人間主義」〈inhumanism〉の詩人と呼ばれる所以でもあります。しかし、私は、ジェファーズの訴えたかったことに、強く共感する自分がいることに気付くのです。

思い出すのですが、同じ鷹を扱った仏教の教えに、次のような喩え話があります。ある人の胸に、鷹に追われた兎が一羽飛び込んできます。どうかお助け下さい。窮鳥懐に入れば猟師もこれを撃たず、追ってきた鷹に、助けてやってくれないか、とその人が懇願します。鷹は言う、では私の命はどうしてくれるのか、私の命は、その餌を食べることにかかっているというのに。そこでその人は、では兎と同じだけの肉を私から摂りなさい。そして秤の一方に兎を乗せ、片一方に自分の腕を乗せます。秤はびくとも動かない。彼は脚も添える。それでも秤は動かない。已む無く彼は、自分まるごと秤に乗ります。秤はやっと動いて、きちんと釣り合ったのです。兎一羽、人間一人、その命の尊さは変わらない、という教えであるのでしょう。

もっともキリスト教にだって、アッシジの聖フランチェスコのような存在もあります。彼は、人間も他の生き物もすべては、神によって造られた存在であり、そのことをもって、等しく、同じ立場で、神を賛美する存在でもあるのだ、と主張します。人間だけが、神を知り、神を崇め、神に従い、神を讃えるわけではない。神の手は、すべての生き物に及んでいる。彼らも、神を讃えるべく、造られている。その意味で、すべては、人間と兄弟姉妹なのである。いや、生き物だけではないすべての神の手になる被造物が、神を等しく讃えるのだ。だから〈Brother Sun, Sister Moon〉ということになる。これが、聖フランチェスコの考え方でした。

地球とその上に棲むすべての存在が、神の計画のなかで、等しく必要であり、その意味で「高貴」なのです。ジェファーズの詩は、そのことを思い出させてくれます。そして、あらためて「かけがえのない地球」という、環境問題のなかで語られる概念に、相応の意味づけが可能になるように思われます。例えば、今宇宙への人々の関心が高まっています。宇宙基地には、日本人の宇宙飛行士も出かけて行って、大切な役割を果たしています。「はやぶさ」の冒険も、太陽系の惑星たちに近づいて観測したのち、太陽系を離脱する計画のボイジャーの旅も、人々の心を動かして止みません。しかし、考えてみると、一九七七年に地球から打ち出されたボイジャーが太陽系を離脱したことが確認されたのが二〇一二年、実に三十五年もかかっているのです。人間の寿命は、今後科学がどれほど進歩したとしても、飛躍的に伸びることはあり得ないでしょう。とすれば、一人の人間が、太陽圏外に出ることさえ、一生を捧げなければ不可能ということになります。また、仮に火星に植民圏ができるとしても、地球という人類にとっての宗主圏が存在しなければ、火星植民圏の維持はこれも全く不可能でしょう。それこそ戦争でいう「補給」が効かないからです。そういう意味で、私たちの地球というのは、人間にとって、決定的な前提条件であり、それが、少なくとも人間の立場からすれば、神の被造世界の中心であることは、疑う余地はないはずです。

ところで、ジェファーズの詩は、もう一つの問題を提起しているのです。「恵みの鉛」がそれです。詩人は、傷付いた鷹の最後の誇りまで奪わないように、「恵みの鉛」を施します。まさしくこれは「尊厳死」の幇助ではないでしょうか。オランダでは、すでに人間の尊厳死を法律的に認めています。末期がんの患者を考えてみましょう。最近の麻薬の使用法の進歩で、終末期の苦痛の除去は、かなりな程度可能になった、とよく医療者は語ります。確かに、痛みの増悪を恐れる患者にとって、それは「恵み」の一つに違いないでしょう。私でも、そこへ追い詰められたら、意気地なく、その「恵み」を望むかもしれないと思います。いや、きっと望むに違いありません。しかし、現在の方法による苦痛の除去あるいは抑制は、同時に意識の低下を伴わざるを得ません。ギリギリの段階で死と正面から向かいつつ、自己の存在を全うしようと望む人間にとって、それが本当に「恵み」であると言えるのか、という問いは、答えられずに残りませんか。

では最後に、自己の存在をかけた決断によって、自らに「恵みの鉛」を施すことが、決定的な罪になるのでしょうか。さらに言えば、それは「自己」への「恵み」だけではないかもしれないのです。意識の低下のなかで、茫然と、自己を失い、わけのわからないままに、死への長い過程を歩むことが、自分にとって耐えられない、だから、……というなら、それは、「自己憐憫」と切り捨てられるべきなのかもしれません。しかし、その単に長引かされた死が、家族や周囲にとっても、物心両面に亘って、たとえようのない負担になることもあるはずです。そうした場合には、その決断は、単なる自己憐憫ではなく、利他的な行為でもあるに違いありません。

キリスト教の伝統的な立場は、それでもなお「自死」を許容しないでしょう。しかし、その伝統は、人生五十年の（いや、もっと遥かに平均余命の短かった）時代に生まれたものではなかったでしょうか。

自分の運命は自分で決める、という発想が、傲慢である、という判断はいつになっても原則的には正しいと思います。すべてが、人間の手で決定ができる、という近代的な人間観が、人間を超えるものの存在を肯定し、その前に跪くことを人間に求める宗教の立場からすれば、全面的には認めることができないのは当然です。しかし、被造物としての「尊厳」は、神の手で保証されているという考え方も成り立つかもしれないのです。その尊厳は、自分の手で守る。そう思えないでしょうか。

ここまでは、キリスト教の自死を戒める教えが、現代にどれほどの意味を持つか、という点への疑問でした。しかし、ことはそれだけで終わらないのが、この問題の厄介な点です。人間の死は、死ぬ人間個人のものなのでしょうか。チンパンジーでも、死んだ子供を、永らく母親が抱えて離さず、あたかもその死を悼み、悲しんでいるような行動をとることがあることが、報告されています。鳥や魚でも、子孫の哺育に両親もしくはそのどちらかが、最大限の努力を惜しまない、ときには自分の命さえ賭けることがあります。一般に生き物は、その子孫を安全に育てることに、その全存在をかけています。交尾を終えると、そのまま死ぬ「親」さえ珍しくありません。ただ、人間のように、相当の期間、家族性の哺育を行う動物は、動物界には見当たりません。また、生涯に亘って家族の絆が結ばれている動物も、ほとんど見当たりません。そして、この「家族」の概念は、人間社会では共同体へと拡張されます。もちろん、ハチやアリのような共同生活を営む動物は、人間以外にも多く存在します。哺乳動物でも、ゾウなどは、人間の家族に類似した群れを造って行動すると伝えられています。したがって、人間だけが、と何事かを主張した途端に、いや、他の生物にも、類似の現象は見られる、という反論が返ってくるでしょう。ただ、強調したいのは、人間ほど、意志に基づいた家族と共同体の絆が強い動物は、見当たらない、という事実です。それが近代人にとって、むしろ重荷である、という解釈もあり得ます。しかし、テニエンスの区分けではありませんが、「ゲマインシャフト」の繋がりを超えて、「ゲゼルシャフト」の繋がりをも形成する人間（そのことを指摘したいために、上の文章で私はあえて「意志に基づいた」という形容句を付け加えておきました）の特徴は、やはり他には見られないものです。

そうだとすると、一人の人間の死は、その人の、そして、その人だけの、ものである、という考え方には疑問が生じます。葬式の儀礼を持たない民族はないでしょうが、葬式という儀礼は、死んだ当人にとっては、何の意味もないはずです。いや、とんでもない、死んだ人の魂が、浮かばれるか、浮かばれないか、それは葬儀がきちんと行われるかどうかにかかっている、そう言いたい人があるのは承知しています。ただ、こうは言えるでしょう。少なくとも、葬式は、死んだ人の周囲の、残された人々のために、というのでなければ、少なくとも残された人々によって、行われるものです。

ここで提起される問題は、実は、単なる死に関わるだけでなく、例えば自分の身体にも関わってきます。死は、その個人の「もの」か。身体は、その個人の「もの」か。この問いは、決して無意味なものではありません。死が「もの」であるか、というのは、カテゴリー・ミステイクのようですが、ここでの「もの」は、デカルト的な「物」ではないと考えましょう。日本語の「もの」というのはその点で便利な言葉です。しかし、「もの」に拘る人は、上の問いを、死は自分の「所有」なのか、身体は自分の「所有」なのか、と言い換えて下さればよいと思います。

恐らく、死も、身体も、所有という概念には馴染まないと思われます。ジョン・ロックは、自然状態に加えるべき、人間の基礎的前提として、「所有」を主張しましたが、それは、個人の労働や努力によって得ること、と定義しています。この定義が万能であるか、には疑問があるかもしれませんが、「所有」ということの意味は、このロックの定義からそれほどは離れないであろうと思われます。そうだとすれば、死も、身体も、明らかに「所有」とは関わりがありません。それを前提とすれば、自分の死を（身体もですが）自分で自由に処理する権利が自分にある、という主張は、根拠を失います。

こうして、再び、自らの死を、自らで処する、ということへの、人間として根本的な疑問が、肯定されることになります。こうして私たちは、この答えのないジレンマのなかで、一人ひとりが、ある種の選択をしなければならない宿命にあります。個人的に言えば、私はキリスト者ではありますが、利他的な要素を含む自死には、寛容でありたい、という思いを捨てられずにいます。

尊厳死・安楽死・ＰＡＤ

自死

宗教、とりわけキリスト教が自死を禁じていることは、広く知られている。ユダヤ教も含めて、自殺者は、通常の儀礼をもって葬られるべきではない、あるいは、正規の墓地には埋葬されるべきでない、というような、葬送における差別は、歴史的に永らく慣行として行われてきた。ただ、イスラム教では『クルアーン』中に、自殺が罪である旨の記載を見つけることができるし、またユダヤ教では、モーゼの十戒のなかの「汝殺すなかれ」を自らにも当てはめる、という解釈はあるが、福音史家や弟子たちが伝えるイエスの言動のなかに、自死を戒める直接的な言葉を見出すことはできない。言い換えれば、キリスト教の原理的教義には、自死を罪とする件《くだり》はないと言える。

では、キリスト教における自死の禁忌は、何に淵源するのか。通常は、教父アウグスティヌス（Aurelius Augustinus, 354-430）の『神の国』に説かれている内容にあると考えられている。彼は、仮令《たとえ》無垢の女性が、捕囚の状態のなかで、恥辱となる行為を強いられたとしても、それを理由に自死することは許されない、というような具体的な場合を引きながら、肉体的、あるいは精神的苦痛から逃れる自死は、結局人間としての「弱さ」の証であり、こうした「弱さ」は、神の意志に反するものであって、罪と見なさざるを得ない、と断定する。アウグスティヌスがこうした見解を持つに至った背景には、彼の先行者たちの間で、極めて数多くの殉教者を出し、またローマの軍隊で慣行となっていた〈decimation〉（適切な日本語訳がないが、兵士多数が連帯責任を負わねばならないとき、十人に一人ずつを籤で選んで、処刑させ、後の九人は、多少の懲罰を受けるのみで済ませる、という習慣）が、一般化し、殉教の場面にまで広がった点などがあったのでは、と推測される。またアウグスティヌスは、モーゼの十戒の「汝殺すなかれ」も、自死に対する禁制の根拠に引いている。

十三世紀以降のスコラ学の中心となったトマス・アクイナス（Thomas Aquinas, 1225-1274）もまた、神のみに委ねられている人間の生死の決定権を、人間が簒奪することになる、という理由づけで、自死を禁じる立場を明瞭にした。

こうした有力な神学者たちの立論が、キリスト教世界における自死禁制の習慣化に決定的な役割を果たした、と考えてよいだろう。実際、歴代の教皇は、折に触れて、自死を戒める言葉を公表してきている。

仏教では、事態はいささか微妙である。生き物の命を妄りに絶つことは、当然殺生戒を破ることであって、自死も同様に考えられるが、例えば、重篤な病気に罹り、しかも生き長らえることが、周囲の人々に多大の負担をかけることが明らかな際、自ら食を絶って、死を迎えることとは、むしろ慈悲の行為として、推賞される場合もあるからである。あるいは衆生の救済のために、即身成仏の途を選ぶことは、むしろ最高の慈悲の行為でもある。現在、一部の仏教の派では、自死を必ずしも罪業とは認めないとしている。

翻って、日本の歴史的な伝統のなかでは、人間の死、あるいは自分の死について、ある種独特の文化的伝統を育んできた。とくに武家社会が始まってからは、生に対する執着は醜いもの、という価値観が形成され、責任の取り方としての自死（切腹）をはじめ、潔い死に方こそが理想として尊ばれる習慣が生まれた。その極致が、人間は（武士は）基本的に「死人」（しびと）である、という葉隠れの精神であり、それがデフォルメされた形で表れたのが、人命（あるいは自分の命）は羽毛より軽い、と考える太平洋戦争中の価値意識へと繫がったと言えるだろう。しかし、この価値観は、必ずしも武家階級だけのものではなかった。その例を、始まったばかりの江戸幕藩体制を揺るがせた島原の乱に見る。原城址に集った数万の人々のほとんどは武士ではなかったし、自らの死を受け入れることにおいて、躊躇いは少なかった。それがキリスト教という外来の価値を基礎にした、「殉教」という特殊な状況であったにせよ、そこには、日本社会独特の死への思いが関わっていなかったとは言えない。

戦後価値観は一転する。(自分の)「生命を賭して」も守らなければならない価値が、別にある、という発想を、全く認めない風潮は、反動の一種として、社会全体に広がった。「人の命は地球より重い」というジョークにしてはよく出来た文句は、「超法規的な」措置の言い訳として、言い立てた為政者は、恐らく真面目だったのだろうが、そうした反対側に触れた戦後の価値観の象徴でもあった。今、命は、無条件に、無前提に、只管《ひたすら》守るべき至上の価値の様相を呈している。ただし一言付け加えれば、後にも触れるように、現代の日本の刑法では、自死は犯罪ではない。道徳的な「罪」なのかどうかさえ、判然とはされていない。曖昧なままである。

尊厳死

「尊厳死」という日本語は、英語の〈death with dignity〉の訳として定着している。現代社会における尊厳死は、むしろ医療の高度化の結果、ある種の必然として生まれてきたものだろう。過去においては、後に検討する「医師の手による自死の支援」(通常は「自殺幇助」の一種とされるが、刑法上の「自殺幇助」と区別するために本章では煩雑を厭わず、この概念を使うことにする。なお後に英語の略語〈PAD〉に置き換えることになる)、あるいは場合によっては安楽死にも適用されていた言葉であった。言い替えれば、現代における高度医療の普及が、尊厳死、医師の手による自死の支援、そして、安楽死の三者を峻別せざるを得なくなっている、とも解釈できる。ここで三者の一応の区別をしておこう。尊厳死は、終末期の患者の積極的な治療を控える、もしくは中止すること、医師の手による自死の支援は、医師によって処方された致死薬もしくは方法を、患者が自ら服用もしくは実行すること、そして安楽死は、医師の手によって患者の生命を終わらせること、と差し当たり定義しておきたい。

さて、尊厳死であるが、もともと「尊厳」と訳される英語の〈dignity〉の源は、ルネサンスの精神を象徴する言葉（ラテン語の〈dignitas〉）と考えられてきた。なかでも、いわゆる「人文主義者」の代表者の一人と目されるピコ・デッラ・ミランドラ（Giovanni Pico della Mirandola, 1463-1494）の著作『人間の尊厳について』(*De hominis dignitate*) は、この概念の根源として、常に言及される。ピコは、アリストテレス主義を中心とする十三世紀以降のスコラ学、とりわけトマス主義的なスコラ学の伝統と、ルネサンス期にフィレンツェを媒介して流入する新プラトン主義、あるいはユダヤ教理の一部であるカバラ、さらにはヘルメス、トリスメギストスなる聖賢の残したとされる『ヘルメス文書』に依拠するヘルメス主義など、スコラ学の立場からすれば「異端」と見なされる様々な思潮の融合を図った人物である。そのなかで、人間として、さらには知識人（哲学徒）として、譲ることの出来ない素養を求めようとすることが、彼の趣意であったと思われる。

しかし、西欧が近代に深入りするにしたがって、「尊厳」は人間の（むしろ市民一人一人の）基本的な権利（人権）の基礎となるものと考えられるに至り、多くの場合、それを侵されるときに、表面化する概念として規定されるようになった。

その延長上に、現在の尊厳死の概念もあると言えるだろう。日本において、尊厳死の考え方の普及に力を尽くしてきた日本尊厳死協会は、奇妙なことに、公的に尊厳死の定義を与えてはいない。むしろ「リヴィング・ウィル」という概念を柱として、その運動を展開しながら、その中で、暗々裏に尊厳死の定義を示している。

回復の見込みがなく、すぐにでも命の灯が消え去ろうとしているときでも、現代の医療は、あなたを生かし続けることが可能です。人工呼吸器をつけて体内に酸素を送り込み、胃に穴をあけて胃ろうを装着して栄養を摂取させます。ひとたびこれらの延命措置を始めたら、はずすことは容易ではありません。〔中略〕チューブや機械につながれて、なお辛い闘病を強いられ、「回復の見込みがないのなら、安らかにそのときを迎えたい」と思っている方々も多数いらっしゃいます。〔後略〕（日本尊厳死協会HPより）

つまり、ここでは、「回復の見込みがないときに、望む以上の延命措置を拒む」ことが、尊厳死の定義として示されている。そして、その望みの意志表示が、当人の生前、理性的判断が出来る状態において、文書の形で残されている場合には、医療側はそれを尊重すべきである、という主張を、併せ持っているのが尊厳死ということになる。

すでに見たように、近代における「尊厳」の概念は、人間の基本的な権利に相当し、その権利が、何らかの形で侵害される、あるいは侵害されようとしているときに、その侵害を抑止、もしくは排除するための根拠付に使われる傾向が強い。ここでも、尊厳死は、一人の患者が、自己の意志に逆らって、「過剰な」（と当人には思われる）医療行為を拒むことができる、という権利意識を背後に持っている行為として、定立されている。下世話な言葉を使えば、「お節介な医療」を拒否するとでも言おうか。つまり先に暫定的に与えた定義に照らせば、事前の意志表明（リヴィング・ウィル）によって、終末期の患者は積極的な治療を控えることを、医療側に求め、実行することと重なる。一言付け加えれば、尊厳死を標榜することは、場合によっては、生命よりも尊重すべき価値（それが「人間の尊厳」である）がある、ということを認めることである、という点には、注意すべきであろう。

さてしかし、ここには、幾つかの問題が生じる。一つは、治療を「控える」のはともかく、すでに行われている延命治療を中止、あるいは差し止める、ということには、医療側に常に大きな抵抗が生まれるという点だ。こうした処置は、機能している生命維持装置を外すという意味で〈plug-off〉と呼ばれることが多い。もう一つの問題は、本人の意志が確認できないままに、つまり、意志表示がされる前に、ことが起こり、意識が戻らない状態が続く場合、あるいは幼児や、認知症で明確な意志の表明ができない場合に、家族や、場合によっては医療側の判断で、尊厳死を実行できるか、という問題である。過去における諸外国にも、これらの問題に関して、多くの先例がある。例えばアメリカで、こうした問題のきっかけを作ったと言われる「カレン事件」は、まさしく、この二つの問題を兼ね備えた典型だろう。

ケース・スタディの意味で、少し詳しく振り返っておこう。この事件は、一九七五年春アメリカ、ニュージャージー州の、当時二十一歳だった女子学生カレン・クインランに起こった。彼女は日頃精神安定剤や、一種の麻薬を常用していたらしいが、その上にコンパに出席してアルコールを摂取、帰宅した後意識を失った。病院に搬送されたときには、すでに深昏睡で、植物状態様と判定され、生命維持装置（人工呼吸装置とチューブ栄養＝鼻と胃とを直接繋ぐチューブによる栄養補給）が装着され、数ヵ月が過ぎたが、脳波は平坦のまま、意識は全くなく、状態は改善されないばかりか、全身状態も悪化するばかりだった。その段階で、両親、とくに父親はカトリック信徒であったが、病院に〈plug-off〉を要望した。病院は拒否し、ことは法廷に持ち込まれた。高裁の判決は、カレン自身の意志確認ができない状況であることを理由に、病院側の勝訴となったが、最高裁の判断はこれを覆した。父親を、カレンの後見職として認め、その意志に基づく判断を尊重すること、病院は審査の委員会を設けて、十分な条件が整ったときに、〈plug-off〉を実行すること、そしてその後に起こる法的な問題に関しては、すべて責任を免除することを示したのである。

この話には後日談が二つある。一つは、当該の病院が、プロライフの傾向が強かったためもあってか、患者は転院させられた上で、他の病院で〈plug-off〉が実行されたことであり、この点は、後に一部の批判を浴びることになった。下世話に言えば、厄介ごとを盥回しにする、あるいは、自分の倫理的な信念を曲げないために、他者にその責任を押し付ける、という病院の姿勢は、倫理的に容認できるか、という批判であった。もう一つは、カレンの生命維持装置が外されてなお、彼女は九年間も自発呼吸があって、生物学的には生き続けたのである。カレンが肺炎で亡くなったのは事件が起こって十年後であった。

州最高裁が、父親をカレンの、真摯な意志を備えた後見人として認めた理由の背後には、父親のカトリック信仰があった。父親が求めている処置は、いわゆる「安楽死」(euthanasia)とは区別されるべきものであり、「常道的な治療外のもの」(extraordinary means of treatment)を終わらせることであった、として、最高裁の判決文に、父親の信仰の最終的な指導者と言ってよい、教皇ピオⅫ世が一九五七年に発した見解が引かれている。それによれば、人工延命装置の使用については、患者の意志と無縁のところで行う権利は、医師にはないこと、またこの処置は「常道的な治療外のもの」と見なせる、とされている(一九五七年十一月二十四日の教皇「アロクチオ」)。判決文は、この点を判決の根拠の一つに挙げている(一九七六年州最高裁判決文から)。この教皇の見解は、時代とともに高度化し、「人工化」する医療に対する、「保守的な」立場から発せられた性格のものであるが、それが、むしろ時代の先端をゆく判断に援用されている、という、ある意味では皮肉な事態ではあった。

いずれにせよ、この判決によって、尊厳死は、次第に容認される方向に進み、患者の自立性を擁護する立場と相まって、現在アメリカでは、ほとんど「自然死」と同じような扱いを受けるに至っている。

日本における比較的最近の事例を考えてみよう。やや衝撃的に報道されたのが、富山県射水市民病院の例である。二〇〇〇年以降七年間に、七人の終末期患者が、医師の判断で生命維持装置を外されたことが明らかになり、警察は、関わった医師二人を殺人容疑で送検したが、最終的に不起訴処分が決定した。いずれも、死期が迫り、深昏睡であったり、末期癌であったり、このうち一人は、本人の意志が確認できたが、残る六人は家族の同意のみで、実行された、ということであった。

日本でも、尊厳死協会に登録され、いわゆる「リヴィング・ウィル」の宣言をしている人々の数は、現在二十万人に近づいている。ここでの登録は、終末期には積極的な治療を控えるように、という医師への依頼と、疼痛対策としての緩和治療は拒まない、ということを骨子とした意志表示をすることを意味しており、こうした場合には、患者の意志を尊重する習慣は、日本の医療関係者の間でも、比較的問題なく受け入れられている。したがって、患者ないしその家族の意志に従って、終末期の患者に積極的な治療を控える（withholding）という意味での尊厳死は、ある程度定着してきている、と言えるだろう。言い換えれば、ここで、敢えて取り上げるまでもないものと判断する。

ただ、カレン裁判の場合と同様、すでに行われている治療を中止する（withdrawing）ことには、上記のように、警察が介入するケースが多いので、医療側では、極めて慎重にならざるを得ない状況が続いてきた。

ただ、先に日本医師会も「中止する」ことの容認も含めて、ある種の意志表示を公表したが、尊厳死の判定基準を具体的に明確化したものではなかった、射水市民病院の事例がきっかけとなって、この時期に遅ればせながら、幾つかの組織が、尊厳死に関するガイドラインを発表するようになった。最も注目すべきなのは、二〇〇七年十月に、日本救急医学会が公表したものであろう。その中で、リヴィング・ウィルがある場合はもちろん、家族の意志が確認できる場合、そして、家族の意志が確認もしくは判断が出来ない場合には、医療チームの複合的な判断によっても、「中止する」ことができる場合があることを示している。もちろん、このガイドラインが、そのまま日本の基準として、今後有効に機能するわけではない。国会にも、幾たびか、法案の提出があったが、結局法制化には至っていない。それだけ、簡単に白か黒かを決めてしまうには難しい問題であることは確かである。

ただ、リヴィング・ウィル、あるいは当事者の自発的な意志表示ということが、近代社会のなかで、個人が、他から侵されることのない、自立の権利を持つ、という価値観からみて、当然、あるいは自然な解釈であることは判るが、それがすべてに優先する、というわけにもいかない点は、考慮されなければならない。何故なら、すべての人間が、一旦宣言した自らの意志を、どんな場合でも、維持し続ける、とは限らないからであり、また、その権利がすべてに優先されるならば、自殺そのものも、無条件に容認されなければならなくなる恐れがあるからである。

他方、当人の意志の確認が明確でない、あるいはそれが難しい場合がある。これには、多少他の要素も入り込むことは前提としたうえで、横浜協同病院で一九九八年に起こった事件を振り返ってみよう。もともと、公害病の認定を受け、同病院の患者であった男性Aが、重度の発作による心肺停止状態で、同病院の救急に搬送されてきた。救命処置によって脈拍は回復したが、自発呼吸はなく、深昏睡の状態で、人工呼吸器を装着、経過を見た。主治医は、数日後、自発呼吸の兆候が見られたので、気管に装着したチューブは気道確保のためそのままにして、装置を外してみた。その後チューブも外してみたが、呼吸状態は悪化、結局もとに戻した。家族には、意識回復の希望はほとんどないこと、脳死状態に近いこと、などを説明していた。十病日ほど経ったころ、同意した家族の見守るなかで、チューブを抜いた。そのまま安らかに死に導かれるはずだったが、Aさんは苦悶状態が続いたため、主治医は鎮静剤などを投与したが、なかなか治まらないので、已む無く筋弛緩剤を注射して、程なくAさんは亡くなった。

この問題は、医師が、単なる尊厳死の範囲を逸脱して、結果的にではあろうが、安楽死そのものへと踏み込んでしまった事例となり、院内麻酔医の告発を受けた病院側は、そこには、幾つかの点で主治医の行動に不都合があったとして、調査委員会を設けて調査の上、患者側に謝罪した上で、当該の医師に退職を勧告、彼もこれに従ったが、横浜地検は、主治医を殺人罪で告訴した。一審は、殺人罪の適用を認め、懲役三年、執行猶予五年の判決を下し、控訴審では、患者の意志確認はされていないが、家族からの付託はあったと認定、ただし、最後の処置は、尊厳死の範囲を超えるという判断で、殺人罪の成立は認め、法律の認める最も軽い刑、すなわち懲役一年半、執行猶予三年という判決になった。第三審（最高裁）では、脳死状態などの判断に使われる客観テストが十分でないこと、また、主治医の行動は「法律上許される治療中止」には相当しない、として二審判決を支持し、控訴を棄却したのである（平成二十一年十二月七日、刑集第六十三巻十一号）。この種の事件で、最高裁の判決が出たのは珍しいが、残念ながら、この最高裁判決でも、ではどのような場合には、治療中止が「法律上」容認されるのか、という具体的な判断基準については、普及していない。筆者は、法律に実質的には昏《くら》いので、すべてのジャンルに亘ってそうなのか、詳らかにしないが、この種の判決では、「法律上許される場合がある」ことを言いながら、それが、どのような条件の下でなら許されるのか、という点には立ち入らない事例が目立つのは、いささか気になる。

さて、この事例でも、三審を通して、本人の意志確認が重要な論点になっていることは、他の事例と同様である。では当人の意志確認ができない、と言う状況のなかで、家族の代行などは、どのようにあり得るのだろうか。

例えば、明確な意志表示の文書はなくとも、日常的に、そうした意志を家族との会話のなかで、明らかにしたり、その意志に相当するような文章が日記のなかに現れる、などという場合は、本人の意志表示があるケースと同等と見て差支えがなかろう。実際法廷に持ち出されたときにも、そういう事実が立証され、あるいは、そう判断する合理的根拠があると認定されれば、本人の意志表示があったものとして扱われることが多い。

その条件が満たされない場合、カレン事件で見たように、法律的に「後見」が認められる（例えば、日本でも、高齢者や高度の認知症患者などで、日常的な行動や判断が難しいと認定された場合には、「後見」が認定されている）場合には、これも「後見」の意味からして、判断の代行が認められ易いケースであろう。法律的な後見でない関係者が、どこまで本人の意志の代行ができるか、は、極めて難しい問題である。ここには一般化できる基準を設けることは困難で、個々のケースについて、諸々の事情を勘案しながら判断せざるを得ないと考えられる。ただ、抽象的な表現しかできないが、患者が、完全に人間の尊厳を認められないほど、単なる物質的客体としての存在になっていると判断できれば、例えば日本救急医学会のガイドラインが示唆するように、医療チームの判断に任せる、という選択も、検討する価値はあるはずである。この条件は、患者の生命の保持のために負わなければならない負担が、生命利益よりも大きいと判断できる場合、あるいは生命保持の目的が、人間の尊厳を傷付けると判断できる場合、などの表現も可能になろう。実は、こうした表現が必要になるのは、残念ながら現代では、生体生成物質を得るという目的のために、あるいは臓器を保存することが主目的で、さらには、人体実験のためにのみ、生命維持装置を駆動し続ける、というような場合の可能性を想定しなければならないからでもある。

この問題に関しては、ある程度の社会的合意がなされないと、生命維持のための手段の「差し控え」には緩やかだが、「中止」には厳しい、という日本の現状では、始めてしまって長引くよりは、最初から積極的治療は「差し控え」た方が無難という考え方が広がる恐れがある。

なお一方では、別の問題もある。二〇一二年、日本のメディアで、胃瘻形成術の適用を巡って、やや踏み込んだ議論がなされたことがある。日本老年医学会が問題提起をしたのがきっかけであったが、老年学会のこの問題提起は、終末期の寝たきりになった高齢者が、経口的な栄養補給に困難が生じると、安易に胃瘻を形成することに対する警鐘であった。オランダやベルギーのような国々では、胃瘻形成術の適用は、将来回復して胃瘻を除去できる見通しの十分ある患者に限られていること、などもその背景にあったと思われる。いずれにせよ、例によって、何ら具体的な結果は得られないまま、結局はうやむやになってしまったのは、まことに残念でならない。ただ最近の事例を分析してみると、捜査当局も、本人や家族の同意がない場合を除いては、「中止」に対して、殺人罪の適用は行わない（あるいは行えない）という姿勢を示しているように思われる。そこに暗黙の社会的合意点を認めるべきかもしれない。

医師に手による自死支援（ＰＡＤ）と安楽死

「医師の手による自死の支援」という長たらしい日本語の概念を設定したのは、すでにある程度触れたように、先端高度医療の進展とともに、過去には、大まかに「安楽死」(euthanasia) と呼ばれていた行為のなかに、幾つかのカテゴリーを分けて考えなければならなくなっている結果である。英語では〈physician-assisted suicide〉つまり「医師の手を借りた自殺」とされた時期もあったが、「自殺」(suicide) という言葉を嫌って、〈physician aid in dying〉すなわち〈ＰＡＤ〉が好んで使われるようになっている。本章でも今後は、この略語を使うことにしたい。定義は、すでに暫定的に与えておいたように、自死を希望する終末期の患者が、医師から自死のための薬物あるいは方法を与えられた上で、それを使って自死を実行することを言う。刑法上は、自殺幇助に相当する可能性がある行為ということができる。国際的には、医師が自ら手を下して患者の生命を絶つ安楽死に比べて、医師の側の心理的負担が、多少とも軽くなることからも、安楽死とは区別されて扱われる傾向が強い。幾つかの国々、あるいはアメリカの幾つかの州では、すでにこの行為は合法化されているが、何と言っても、アメリカにおける衝撃的な先駆例がキヴォキアン事件であった。

有名な事例であるが、典型例として、多少詳しく見ておこう。キヴォキアン (Jack Kevokian, 1928-2011) は、もともと病理学者であったが、彼は一九八七年に「タナトロン」という装置を開発して、自殺幇助の仕事を始めた。この装置は、一種の点滴装置で、当事者の静脈に針を留置する。当事者自身が最初のアクションを起こすと、そこに生理的食塩水が注入される。言うまでもないが、この段階では、患者の生命への侵害は一切ないし、患者はそこから引き返すこともできる。第二段階では、同じように当事者自身がスイッチを押すと、注入薬物がチオペンタールに変わる。チオペンタールは、全身麻酔薬として使われるほか、アメリカでは死刑執行の際に、予め死刑囚の意識を失わせる薬剤として使用されるものである。ここで、引き返せない点（point of no return）となる。当事者は昏睡に陥り、その後は自動的に注入薬物が塩化カリウムに変更され、それによって、急速に死に至る。塩化カリウムは、アメリカでは、州によって死刑が認められているが、その際薬物による死刑執行時に最終的に使用される物質である。

さて、確信犯としてのキヴォキアンは一九九八年に、ＡＬＳの患者に適用した実例をヴィデオに収録して、テレヴィジョンで公開した。ＡＬＳ（筋委縮側索硬化症）は、周知のように運動を司る筋肉が次第に働かなくなる難病で、最終的には呼吸運動も不全となるため、延命処置としては、生命維持装置が必要になる。病気の性格上、この事例では、タナトロンに頼った際に、自らの意志で第二段階のスイッチングを行えなかったことがはっきりしていたので、第一級殺人罪の訴状で告訴された。後に訴因は第二級に改められたが、裁判では有罪となり、不定期刑が確定したのである。実際に一九九九年から二〇〇七年に仮釈放されるまで、服役したが、釈放されて後、医師免許を剥奪されており、チオペンタールが使えなくなったので、新たに一酸化炭素を利用した「マーシトロン」(Mercitron) を開発した。

タナトロンの場合も、マーシトロンの場合も、原則は、患者自身の自発的意志によって、行われる行為であり(ALSの患者の場合も、患者の意志は確認されていた)、キヴォキアンは、その要請に応じて、「ヒューマンな」と思われる実行方法を提供している、ということになる。いずれにせよ、キヴォキアンの例は、アメリカでもかなり突出したものであった。

現在、世界でPADを公式に認めているのは、アルバニア、オランダ・ベルギー・ルクセンブルクの、いわゆるベネルックス三国、それにアメリカでは、ワシントン、モンタナ、ニューメキシコ、ヴァーモント、オレゴンの五つの州である。ルクセンブルクでは、国会がPAD容認の法案を可決した際、大公が、宗教上の理由で、承認を拒否したため、憲法問題に発展、立法府としての議会は、大公の権限の制限を新たに追加して、この案件の成立を図ったというエピソードが残った。またオレゴン州では、安楽死をも容認する提案をし、州議会はこれを可決したが、連邦政府の介入で、安楽死の公的容認は、預かりになっているという。

日本では、こうした行為は、自殺幇助という刑法上の罪に該当する可能性がある。キヴォキアンの場合、もともとミシガン州で起こった事態であったが、当時のミシガン州法には自殺幇助罪の規定がなかったために、急遽立法措置をとったという。一言付け加えておけば、安楽死の場合には、自殺幇助ではなく、嘱託殺人、もしくは同意殺人という刑法上の罪の適用可能性が生じる。嘱託殺人は、被害者の積極的な依頼に基づいて行われた行為を言い、同意殺人（承諾殺人）の、加害者の申し入れに対して、被害者が同意、承諾を与えた上で行われる行為とは区別されるものとしている。なお、すでに示唆したように、自殺は刑法上罪とされていない、つまり不法行為ではないのに、それを「助ける」他者の行為が「罪」となることの根拠はどこにあるのか。違法ではあるが、自殺（未遂はともかく）を遂行した結果は、責任主体が最初から死亡していることになるから、という便宜上の考慮も含まれているであろうが、他者の生命に危害を加えるという行為そのものが（仮令《たとえ》その委託があったとしても）、違法性を免れない、というのが、基本的な根拠であろう。そうでないと「未遂罪」は成立し難くなるはずである。ここでは、生命に危害を加えると言う場合に、その対象となるものが、自己と他者で峻別されていることが判る。

オランダでは、この問題が議論され始めてから、かなりの時間が経っている。国民的議論を巻き起こしたきっかけは、一九七一年に起こったポストマ事件であった。ポストマは医師で、その七十八歳の母親が脳疾患のため、生活の質（ＱＯＬ）の著しい悪化、苦痛などから、度々自殺を図り、死なせて欲しいという依頼を受け続けていた。当然最初のうちは拒否していたが、度重なる精神的苦痛の訴えから、ついに致死量のモルフィネを注射して、母親を死に至らしめた、という事件である。介護を担当していた施設からの訴えで、刑事告訴されたが、罪状は嘱託殺人であった。一九七三年地裁での判決は、形式上有罪で、禁錮一週間、執行猶予一年という、極めて軽いものであった。なおその際、こうした行為が犯罪を構成しない要件として、以下の四つが挙げられた。①病気の回復の見込みが全くないこと、②患者に耐えがたい苦痛があること、③患者に明確な自死の要求があること、④一人の医師だけの判断ではなく、複数の医師が容認すること。

このポストマ事件は、嘱託殺人と言っても、「加害者」が医師であって、致死薬の入手に職業柄問題がなかったこと、そして、「被害者」が肉親であったこと、という二つの特殊な事情が重なった事例で、嘱託殺人一般の事件ではなかったが、そうであるがゆえに、まさしく医療現場での問題であり、医療におけるPAD、あるいは安楽死（この事例では、ポストマが自ら注射をしているので、PADには入らない）を論じるための絶好の材料を提供したことになった。

以後、オランダでは、次第に国民的な議論が高まり、三十年ほどの間に、PADもしくは安楽死容認の世論は、一九九〇年代には九〇パーセント台まで上昇した。医師会も賛成した上で、二〇〇二年、議会は厳しい条件付きながら、医療におけるPADと安楽死の双方を認める法案を可決、成立させたのであった。ベネルックス三国の兄弟国は、このオランダに倣って、同様の取り決めをしたが、ルクセンブルクではひと騒動あったことは、すでに書いた通りである。

ただ、そうは言うものの、実際にPADや安楽死を依頼された医師の立場は、極めて深刻で、PADの方がはるかに負担は小さいにしても、例えば致死薬を渡して、後は「どうぞ御勝手に」で済むとは言えず、また安楽死ならば、多くの場合家族が居合わせる中で、最期を看取る責任が生じ、特に予期したよりも、〈dying〉の時期が長引く場合には、いたたまれない気持ちを味わされることが多いという。

日本でも、幾つかの先例に当たるものがある。誰でもが引用するその第一のものは、中京地区で一九六二年に起こった、医師の介在しない安楽死事件であった。農業を営むAの父親は、脳障害のため全身麻痺で、他人の手を借りなければ食事も排便も不可能、その上、激しい苦痛に悩まされ、日ごろ長男であるAに、死なせてくれ、と懇願を繰り返していた。思い余ったAは、有機リン剤を使って父親を死に至らしめたとして、嘱託殺人の罪状で起訴された。名古屋高裁の判決は、同罪で有罪、懲役一年、執行猶予三年という軽いものであった。同時にこの判決のなかで、安楽死が容認される条件として、以下の六項目が挙げられた。

①不治の病であり、死期も迫っている。
②苦痛が見るに忍びないほど激しい。
③専ら死苦の緩和という目的のみで行われる。
④患者の意識が明瞭で、その真摯な嘱託もしくは承諾がある。
⑤原則は医師によって行われる、そうでない場合は、医師に頼れないとするに足りる十分な理由がある。

⑥倫理的に妥当な方法による。

表現は判決文の通りではないが、Aが有罪とされたのは、これらの六項目がすべて完全に満足されていないことを明確化するために、述べられているとは言え、こうした項目が列挙されていることは、論理的に言えば、以上の要件が満たされた際には、安楽死は、刑法上罪に問うことができない、と読むこともできるはずであることに注目しておこう。

もう一つの例は一九九一年に東海大学附属病院で起きた事件である。重篤な多発性骨髄腫で昏睡状態にある患者の家族から、繰り返し「楽にしてほしい」という懇請を受けた主治医が、結局塩化カリウムを与えて、患者を死に至らしめた。この場合は、訴因は嘱託殺人ではなく、殺人罪であった。横浜地裁の判決は、同罪状で有罪であり、懲役二年、執行猶予三年ということになった。この際、やはり判決文は、安楽死として認め得る四つの条件を示している。

①患者に耐えがたい肉体的苦痛がある。
②死を避ける方法がなく、死期も間近い。
③苦痛を緩和、除去する方法はすべて尽くされ、最早代替すべき方法がない。
④生命の短縮を承諾する患者本人の明確な意志表示が確認できる。

名古屋高裁の場合よりは、簡潔な要件になっているが、ここでも、そのうちの④が明らかに、そしておそらくは①も、この事件の場合には欠けていることが、有罪の根拠とされている。

現在の日本の司法の姿勢には、ある程度こうした要件下でのPADや安楽死は、訴追をしないという暗黙の了解が生まれていると推測できる要素がある。しかし、ベネルックス三国やアメリカの幾つかの州のように、法的に、かつ公的に、PADや安楽死を容認する方向には、進まないこともある程度予想がつく。実は日本の医療現場でも、戦前から、すでに暗々裏にはPADや安楽死が行われてきたことは事実である。筆者の父親は病理学専攻の医師であったが、彼は、「目が六つ以内に収まっているときには」という表現の下で、PADや安楽死が、実行されていたことを実体験として話してくれた。「目が六つ」というのは、患者本人と医師、それに看護師あるいは患者の家族が一人、つまり、関与者が三人以内であるときには、暗々裏の行為が、そのまま問題とされずに過ごされている、という意味であろう。

そして筆者も、患者と医師の絶対的な信頼関係のなかで、暗々裏に行われるPADや安楽死は、容認されるべきである、という私見を長らく抱いてきた。しかし、オランダなどの例を見るにつけ、あるいは、現在の日本社会の現状と、その文化的風土を考えるにつけ、今後ともそれでよいのか、という疑問が膨らむのを禁じ得ない。

キリスト教信徒は、日本人のなかでは一パーセントに満たず、その意味では、社会をリードする力は持たないかもしれないが、教会としても、あらためて、真摯な議論を重ね、国民的議論の礎石の一つを積む覚悟が必要なのではないか、と切に思う。

【参考文献】

甲斐克則『安楽死と刑法』成文堂、二〇〇三
甲斐克則『尊厳死と刑法』成文堂、二〇〇四
会田薫子『延命治療と臨床現場』東京大学出版会、二〇一一
甲斐克則・谷田憲俊責任編集『安楽死・尊厳死』丸善出版、二〇一二
日本尊厳死協会編『新・私が決める尊厳死』中日新聞社、二〇一三
ジャボット・あかね『安楽死を選ぶ』日本評論社、二〇一四

平等の呪縛

こういう話を聞いた。熊本の大地震の際、災害地にいち早く駆けつけた自衛隊が、運んできた食料を避難所に渡そうとした。ところが、その量が、避難所のすべての人々に均等に行き渡るには十分でなかった。そのとき、避難所の管理に携わる人間は、そのすべてを封印して、自衛隊に返却したというのである。

その管理者は、不公平というクレームを恐れたのだろう。この「お役所仕事」を非難するのは容易い。しかし、この「お役所仕事」が生まれざるを得ない根本の考え方を変えようとする動きは、日本社会のなかではなかなか生まれない。問題は一言で言ってしまえば、「不公平に対する恐れ」であり、裏返せば「平等の呪縛」である。

もう一つ、気になっている現象を挙げよう。いわゆる「一票の較差」という話題だ。人口の稠密な都市部と、まばらな郡部で、代議士が選ばれるための得票数に不平等が生じているから是正すべきだ、というのである。しかし、アメリカが独立宣言をしなければならなかった最大の問題の一つは、「代表権なくして徴税権なし」という原則だった。人口が少ない地域だとて、代表権はあってしかるべきはずであろう。そうだとすれば、なぜ、機械的に票数を「平等」にすべきだと、こだわるのだろうか。

長いヨーロッパの歴史の中で、ほとんど常に毀貶の表現として使われてきた「デモクラシー」という言葉に、プラスの意味を与えるきっかけとなった重要な書物、『アメリカにおけるデモクラシー』を著したA・トクヴィルは、その著のなかで、こんな風に書いている。「人は自由のもたらす害には敏感だが、平等のもたらすそれには気付き難い。だから、時には、自由を犠牲にした隷従のなかにおいてさえ、平等を求める」(要約)。自由・平等・博愛の旗幟《きし》のもとに闘われたフランス革命を越えて、生き残った貴族の家系出身のトクヴィルにして、初めて言える発言かもしれないが、まさしくそうであろう。

因みに、建国以来デモクラシーを標榜してきたはずのアメリカにあって、国の存立に関わるといわれる三つの文書、「メイフラワー・コンパクト」、「独立宣言」、「ゲティスバーグ演説」のすべてのなかで、デモクラシーという言葉は一度も使われていない。プラトンが古代ギリシャにおいて、親炙していたソクラテスを殺した市民デモクラシーなるものに絶望して以降、欧米では、この言葉は「衆愚政治」を示す言葉として扱われがちであった。「デマ」つまり

〈demagogue〉もまた、同類の言葉造りの結果生まれた語であろう。

私たちが今この言葉に乗せて伝えたいと思う内容を示す言葉、つまり人民による統治の制度としては、〈civic government〉、あるいは〈republicanism〉などが用いられていたのであった。トクヴィルの場合、デモクラシーの最大の欠陥は、「衆愚」の問題というよりは、より根源的なところにあると考えているようだ。つまり　デモクラシーは、個人主義の上に立っており、その個人主義（利己主義とは違うが）には、人間の意識を内向きにし、公共への配慮を忘れさせ、人々の間の絆を断ち切るところに大きな欠陥がある、という。したがって、デモクラシーもまた、その欠陥を共有していることになる。

そして、トクヴィルは、数ヵ月のアメリカ視察旅行の結果として、驚くべきことに、アメリカでは、この欠陥を克服したアメリカ流のデモクラシーが育っている、と結論付ける。宗教から、趣味に関わることまで、ありとあらゆる場面でアメリカの人々は、自発的に結社を造ろうとする。それが、彼らの関心を、内向きではなく、外向きに、公共に向かって開かせる契機となっている。トクヴィルはそう判断したのであった。

そのようにデモクラシーを理解するとき、平等は重さを失う。重要なのは、自由な個人の意志であり、その結果としての結社の自由である。

話を戻そう。考えてみると、今私たちの社会で、平等の呪縛から免れている現場がないわけではない。その一つはトリアージュであろう。戦場では、そう、今の日本社会には、このケースは幸いに存在しないが、あるいは災害現場では、平等の原則は無視され、人々の命の価値に差が設けられる。一方に、最大限のリソースを注入してでも助けるべき命を、そしてもう一方に、何もせずに放置せざるを得ない命を置き、その両極の中間にもう一つの選択肢を認める、という三つの厳然たるカテゴリー分けを強いるのがトリアージュである。歯に衣着せずに言えば、最も厳密な意味で「死に瀕している」人は、医療を施さないまま放置すべき、と判断されるのである。ここでは、命の平等性ははっきりと否定されている。現場から臨時救護所への負傷者の搬送時、臨時救護所での治療時、そして負傷者が中枢医療機関に送られた場合でさえ、負傷者の取り扱いを巡って、このトリアージュという措置は、決定的に必要になる。その機会は、いわば三重に存在することになる。

タイタニック難破の状況を思い出してもよい。救命ボートのキャパシティに限りがある。誰から先ず乗り込むか、誰は遠慮するか。命の分かれ目でもあるが、船員たちの扱いには整然とした規範に基づく秩序があり、そして、現実の現場では、魂を揺さぶる献身があり、嫌悪すべき醜行があったことが伝えられている。

これほど公然とではないが、トリアージュを離れた医療の現場でも、命の平等性が事実上無視されることがある。医療は、通常すべての命を平等に救おうとするが、常に、というわけではないのである。

患者の救急搬送の際に、たらい回しが問題になることがある。この事例では、症状の如何ではなく、すでに医療機関のベッドを占有している患者と、占有しようとする患者との間の選択で、一般的には（当然だろうが）、前者の命が優先される。

もう少し医療内容に関わる局面で言えば、たとえば、重篤な障害をもって生まれてきた新生児に対して、救命の処置を施さない、という判断を医療者が行う場合がある。この際、仮に生命の徴候があっても（つまり純然たる死産でなくとも）、何をしても、いずれ（かなり短い時間内に）亡くなると判断される場合から、救命して暫くの間（それは数週から数ヵ月、場合によってはより長い月日の幅はあろう）は人工的に生き延びる可能性があっても、その「生存」が、本人にとっても、家族にとっても、極度の負担にしかならないと判断される場合まで、幾つかの場面が想定される。特に、サイクロピア（単眼児）のような、親に見せると大きなショックを与えるような事例では、「残念ながら死産でした」として、親に見せないままに扱われる場合さえも、少なくとも過去には多かったはずである。二分脊椎症の場合でも、重篤度によって、同様の措置が講じられることがある。誤解を防ぐために付け加えるが、二分脊椎症は、その程度に非常に大きな差があって、ごく軽いものは、自然に治癒することさえあるし、手術で確実に良好な予後を期待できるものもある。

さて、脳死・臓器移植の場合も、人間の命が天秤にかけられる。人工的延命装置に繋がれているとはいえ、ぎりぎりのところで永らえている命と、新鮮な臓器が得られれば救命が可能な命とを天秤にかけて、後者を優先するのが、臓器移植だからである。

母体マーカーテストや新型の出生前診断法では、主として何種類かのトリソミーによる障害の可能性が判明することになっている。その結果を医師は両親に当たる人々に告知する。ここでは個人の倫理観や人間観が差異を生むが、障害のある子供を産むことを嫌って中絶を決断する人々は決して少なくない。ここでも、生まれるべき命が、承認されたり、否定されたりしていて、命の価値の選別が行われている。私自身は、選別の問題としてではなく、胎児の命を安直に絶つこと自体に反対だが、選別が行われていることは明白な事実である。

十九世紀後半から、欧米では「生きるに値しない命」という概念を巡って、様々な論争が生まれた。皮肉といえば皮肉だが、人間の命こそ（均等に）最も守られなければならない、とする、近代市民社会の倫理的な理念、その根拠である「ヒューマニズム」そのものが、ある意味では、この矛盾を生み出している。

たとえば、ヒトラーを障害者の断種政策や、抹殺計画へと動かしたという一通の手紙、それは重度の障害のある子供を殺した両親からのものだったという。ヒトラーは、個人で恐ろしい決定を下さなければならなかったこの両親に同情し、社会がその役割を果たすべきだと思い立ったことが、つまり、一面では「ヒューマニスティック」とも言える思惑が、結局はあの凄まじい「政策」にまで発展してしまったことになる。間違ってもらっては困るので、言わでものことを付け加えるが、ここでヒトラーを弁護しているのでは全くない。

今の日本社会でも、自分が死ぬときは、子供を殺してから死ぬと決めている、と告白する重度の障害のある子供を持つ親御さんがいる。つまり、命は大事だが、それは単に生物学的に生きているのではなく、「人間の尊厳が守られるような、全体的な生」が尊重されるべきで、それが不可能な場合には、むしろ「死」が選ばれる、という判断があり得る、という矛盾が明確になっているからである。

ここから得られる結果は、ある意味では恐ろしい。すべての人間の命は平等である、あるいは人間はすべて平等である、という、ヒューマニスティックな原理には、何らかの留保が必要になることを認めなければ、そもそも、この原理が成り立たなくなるのである。これは何事にも例外はある、という形で処理できる範囲を越えている。

結論を出すことは、本章では初めから意図してはいなかった。しかし、近代市民社会のヒューマニズムに生きる私たちは、ある状況の下では、人間の「いのち」にさえ、その重さに差異を認めることを、実際に容認している、という点に注意を向けておくことは、確認しておきたい。言い換えれば、平等の呪縛から解放されるべき場合があることに、留意したいのである。

ものごとを判断する基準として、近代社会のなかで大きな力を持っているのは、客観性を保証する科学的合理性である。科学的に非合理な判断による行動は、通常排斥される。しかし、日常の生活では、しばしば科学的合理性に則らない判断があり得る。倫理的原則に基づく判断や行為は、当然ながら科学的合理性の範囲を越える領域にある。個人において、また社会において、倫理的基準が尊ばれる場面はいくらでも想定できる。しかし、上に述べたような生命の不平等は、むしろ個人的・社会的な倫理原則から逸脱する。カントが試みたように、倫理的基準を純粋に悟性の「合理」のなかで考えようとするとしても、しかし、私たちは、一方で倫理的基準を遵守するためには、そこからの逸脱を許さなければならない、という矛盾に到達することを、今見たばかりである。そのこと自体、つまり条件付きとはいえ、平等の破棄は、むしろ社会的合理性として理解されていることがらの一つであるように思われる。余計なことだが、そう認めた瞬間に、カントの「定言的倫理命題」は崩壊することになるが。

そうだとすれば、私たちの間に存在する「常識」あるいは「賢慮」とでも呼ぶべきものによってこそ、ナチズムのような愚劣な行動に陥ることを拒絶しながら、なお、こうした平等の呪縛からの解放の途を探ることに怠慢であってはならないのではなかろうか。

因みに、冒頭に上げた被災地の例で言えば、管理者は、集まっている人々に率直に事態を説明し、今はこれだけの食料がある、これをどのように分配すべきか、自分たちで結論を出そう、と訴えればよかったのだ。そこに一つの「社会的に合理的な」結論が出ないほど、私たちの社会が退廃していると思いたくはない。

あとがき

若い頃は、色々な媒体に書いた論考を纏めて単行本にする、という経験をいくつも重ねてきたが、近年はそうしたことが無くなった。学生が本を読まなくなって、出版事情が極度に落ち込んでいる、という事態もさることながら、自分の「商品価値」が失われている、という自覚が、忸怩たる思いとともに、内心に蓄積していたことは否めない。時宜に応じて、様々な媒体から論考を求められる機会が減っているわけではないが、一つには、原子力利用を巡って、世間一般の論調に完全には与しない立場を表明してきたことが、「三・一一」以降手のひらを返すように「反原発」、「再稼働反対」へと走る主力新聞のご機嫌を損じたか、新聞への寄稿は極端に減ったのも確かである。本書でも論じているが、この問題に関する私の立場は一貫している。何が何でも、日本のエネルギー供給の相当部分を原子力で充当する、という政策は、本来あり得ないが、同時に何が何でも原子力のゼロ・オプションを今実現せよ、という主張にも、幾つかの大きな欠陥がある。その最大のポイントは、軍事利用のない日本において、民間の発電現場以外に、原子力技術を次世代に発展的に受け渡す場所がないことである。「発展的に」と書いたのは、単に事後処理という点だけから見ても、今後長年に亘って、廃炉や、高レヴェル廃棄物の問題が深刻化するなかで、現存技術の単なる継承だけでも、大きな困難に直面しているのに、将来必須となるより高度な技術開発や、人材育成を実現する場がなくなってしまうことは、ほとんど恐怖を呼び起こすほどの負の要素だからである。

話を戻すと、そのような状況のなかで、青土社の若い編集者である足立朋也さんが、最近の論考を纏めてみませんか、という提案をもって、候補の論考リストとともに訪ねてこられたときは、正直のところ嬉しかった。嬉しかったが、ただでさえ困難な状況にある出版社に、さらなる迷惑をかけるのは本意ではないので、折角出版しても売れない公算が大きいですよ、と、論壇における上に述べたような事情を縷々説明した。足立さんは、まだ新米に近い編集者なのに、良い本を出すのが編集に携わる者の、あるいは出版社の、最初で最後の務めです、と平然としていた。深く心を動かされた私は、有り難く提案をお受けすることにした。それが本書である。

生涯のテーマである西欧由来の科学をどう捉えるか、西欧に根を持たない人間として、彼らには見えない視点が、もしかしたら可能かもしれない、そんな微かな野心めいた思いは、自分でも驚いたことに、未だに私のなかに巣くっている。その思いが、執拗にこのテーマを私に追い続けさせていることになる。別の面から見れば、日本社会の常識が、依然としてステレオタイプの科学観から抜け出していないことも、このテーマに拘るもう一つの理由かもしれない。

大学進学率が一〇パーセント代であった頃から、永らく大学に関わってきた身としては、ユニバーサル・アクセスなどという言葉が使われるようになった現代の大学のあり方には、期待と危惧の双方を常に抱き続けてきた。とくに、キャリアの最後の段階で、思いがけず、こじんまりした女子大ではあったが、管理者の立場を経験して、考えるところが多かったのは事実である。それが反映されて、本書の柱の一つは、大学論であり、同時に教養教育論である。もともと、一九九一年の文部科学省の「大綱化」と言われる措置以降、大学の教養教育はすっかり混迷してしまったことが、今でも尾を引いている。ところで、大学の定職を終わった後、今かなり大きな時間とエネルギーを割いているのは、日本アスペン研究所の仕事である。アメリカに端を発して、現在世界に広がりつつあるこの研究所の目標は、一言で言ってしまえば、独特の方式で営まれるセミナーを通じて、企業人の「教養」を涵養する、ということになるが、「教養」という日本語の様々な「含み」のなかに、ポジティヴでない要素が多く含まれていることにも思いをいたしながら、企業の重要ポストにある人々を相手にセミナーを重ねてみると、現代の大学における「教養」教育の抱える問題が逆に浮き彫りになり、さらに言えば、現代社会における初等・中等教育も含めて、人間性の錬磨、涵養という点で、如何に大きな意識変革と制度上の工夫とが必要か、ということを反省させられている。そうした意味でも、本書で取り上げた大学問題は、単に少子化による十八歳人口の減少がもたらす大学の危機という、現実に差し迫った困難以上に、考えなければならない論点を多く含んでいると思われる。建設的な提案ができているか、は読者の判断にお任せするほかはないが、少なくとも問題の所在だけは、一般の方々にも理解して戴きたいという思い切である。

当然、冒頭に述べた原子力発電を中心とした安全の問題も、本書の一つの柱になっている。原子力のゼロ・オプションを主張される方々も、虚心に読んで戴いて、建設的な批判を頂戴できれば、と考えている。関連してメディアに対する要望にも触れた論考が加えられている。

もう一つの柱は、最近の私自身の置かれている状況とも関わりがある問題を扱っている。超高齢社会を迎える日本において、当然のことながら、老い、病気、そして死が、喫緊の問題として否応なく浮上している。しかし、将来の人口構成が日本ほど極端な特性を示さないと予測されている、海外の国々で、安楽死や医療における自殺幇助の法的な解禁が相次いでいる事態をどのように考えるか、遅かれ早かれ、日本でも、この問題を避けて通れないところに追い込まれるはずだが、その点では、日本社会は少しのんびりし過ぎているような気がしてならない。私は、この問題を主題的に扱った一冊の書物を現在準備中だが、近年の関心事の一つとして、本書でも先駆的な議論を幾つか試みている。

私が公的な空間のなかで発言するときに、基調として護ってきたことがある。それは個人的かつ感性的、あるいは情緒的に傾く内容は控える、という点である。しかし老と死を巡る問題では、この禁忌はいささか怪しくなっている。とくに「恵みの鉛」と題された文章や、死後の世界に踏み込んだ文章では、自分ながら、読み返してみて、これでよいのだろうか、という疑念がこころを過ぎったことを告白する。結局そのまま残すことにしたが、そのこと自体が、私の老いを明らかに示しているのかもしれない。読者はどう読んで下さるか、判らないが、自分としては抵抗しないことにした。

なお最後に置かれた平等を巡る論考は、他の媒体に発表する予定のものだったが、事情により、見送られたために、本書が初出という形になった。実際、トクヴィルの言葉としても引いているが、自由の過度な欲求がもたらす弊害は誰にも歴然として判り易いが、平等のそれは気付かれ難い。現時点で、議員選出の際の、いわゆる「一票の格差」の是正が、国会でも議論されるようだが、これも行き過ぎると妙なことになる。何故一人の議員が代表する地域住民の数が等しくならなければならないのだろう。過疎の地域であろうと、人は住み、生活し、その上で政治に反映させて欲しいと願う様々な問題を抱えている。そのため（にも）税金を払っている。そうした人々の思いは、単なる機械的な数の背景を越えて、尊重されなければならない。「代表権なくして徴税権なし」は、独立戦争に当たって、イギリス政府に突きつけたアメリカ植民地の切実な要求であった。少数派を大切に、という民主主義社会における鉄則を、新聞は声高に主張し続ける。そのこと自体に反対する理由は全くない。しかし、それならば、「票の格差」の問題で、こうした意見がメディアですっかり置き忘れられているのは、どうしてなのだろうか。そんな思いもあって綴った文章である。

この書物のタイトルについて一言。編集担当の足立さんから、数多くの候補案を挙げて戴いた。それは、足立さんのセンスを示す秀逸なものばかりだった。それを見て、私は、敬愛する作家、原尞（りょう）氏が、そのエッセイ集『ハードボイルド』（ハヤカワ文庫、二〇〇五）のなかで書かれている、自著のタイトルを巡る編集担当者とのやり取りの機微を思い出した。私は、今回の書物のタイトルは「流れに抗して」しかないと感じていた。理由はすでにこの「あとがき」でも明らかだろう。しかし、言うまでも無く、このフレーズは鶴見俊輔氏の著作のタイトルにすでにある。偉大な先輩の著書のタイトルをそっくり頂いて有名になった学者もあるが、私にはとてもそんなまねは出来ない。足立案のなかに、「遷りゆくものたちの此岸で」というのがあった。これは私の乏しいセンスを超えた発想だった。それに触発された私の思いも多少働いた結果が、今のタイトルになった。内容がタイトルに負けていなければ、と感じている。

とにかく、出版事情の極めて厳しい現在、本書の出版に踏み切ってくれた編集部の足立さん、また青土社に、心から有り難うを言いたい。

村上陽一郎

平成二十九年五月

⁂

初出

科学・技術の戦後七十年　『學士會会報』No.913（二〇一五年七月）

科学の技術への接近と社会的責任　『電子情報通信学会誌』Vol.99, No.4（二〇一六年四月）pp.327-333　©2016 IEICE　17KA0052

科学と宗教　『學鐙』二〇一四年冬号

やぶにらみ物理学の歴史　『パリティ』二〇一二年六月号

行列の話　『数理科学』二〇一二年九月号

技術の継承と将来への展望　『季刊 政策・経営研究』二〇一一年 Vol.3

安全と安心　『Re』No.175（二〇一二年七月）

安全学の立場からみた震災報道　『新聞研究』二〇一一年七月号

科学報道はどうか　『Journalism』二〇一四年八月号

大学の変貌　『現代思想』二〇一一年十二月号
競争的環境と学問　『學鐙』二〇一四年夏号
二十一世紀の大学教養教育　『現代の高等教育』一九九八年八月号
大学の将来　『ＩＤＥ現代の高等教育』二〇一二年一月号
「死後」のあり方　『新潮45』二〇一一年三月号
死後の世界　『死生学年報』二〇一三年
人間と自然との関わり　『環境会議』二〇一四年秋号
恵みの鉛　『死生学年報』二〇一四年
尊厳死・安楽死・ＰＡＤ　『人文科学研究（キリスト教と文化）』No.46（二〇一五年三月）
平等の呪縛　書き下ろし

移《うつ》りゆく社会《しゃかい》に抗《こう》して　三《さん》・一一《いちいち》の世紀《せいき》に

2017年7月24日 第1刷印刷
2017年7月31日 第1刷発行

著　者　村上陽一郎《むらかみよういちろう》

発行人　清水一人
発行所　青土社
〒101-0051　東京都千代田区神田神保町1-29　市瀬ビル
電話　03-3291-9831（編集部）　03-3294-7829（営業部）
振替　00190-7-192955

印　刷
製　本　ディグ

装　幀　高麗隆彦

ISBN978-4-7917-7001-4